CB064582

FOME AZUL

FOME AZUL
VIOLA DI GRADO

TRADUÇÃO Eduardo Krause

PORTO ALEGRE · SÃO PAULO · 2022

UMA
CIDADE
ENVOLVENTE
E DUAS
MULHERES
DESENCONTRADAS.

A história é simples e é ótima: uma mulher decide ir trabalhar do outro lado do mundo para se curar da dor de uma perda e lá ela se apaixona. Isso é o que você vai ter em *Fome azul*, numa Xangai que vai do sublime ao bizarro em uma mordida, assim que a professora de italiano encontra a belíssima e enigmática Xu. Há um fascínio pelo Oriente na prosa de Viola, uma paixão visceral (quase literalmente) e nem um pouco iludida, que nos faz ver as entranhas de uma China muito particular, esquinas e vielas, matadouros e prédios imensos. Num estilo que poderíamos chamar de gótico futurista, conforme as personagens se movem por Xangai, provando seus gostos envernizados, seus cheiros antigos, se esquivando de suas luzes alienígenas, sua arquitetura colossal e todos os contrastes de uma megalópole, a própria cidade vai tomando o interior da protagonista, invadindo-a. Aos poucos Xu também vai mudando, de enigmática passa a ser descrita como ragazza sadica, narcisista. É que absolutamente nada é estável nesta narrativa — aliás, o livro é sobre a instabilidade dos desejos e dos deslocamentos, até do amor. Na leitura, ficamos imersos numa sensação de mundo sensual, e o caráter exótico é o tempo todo desconstruído entre as personagens no impedimento das línguas. Fica evidente o jogo entre a compreensão e a incompreensão e como as línguas podem também ser um mecanismo de controle e dominação. Os enigmas vão se construindo com frutas podres, amor, luzes neon, paisagens e bonecas estranhíssimas. Na leitura, descobrimos que a solidão é uma fome sem nome, uma fome de impedimentos, uma fome nunca saciada, uma busca que só termina no retorno a si mesma ou na busca de uma nova fome. *Fome azul* é das coisas mais instigantes que li nos últimos tempos.

NATALIA BORGES POLESSO

Para Cip e Ada e todas as cidades que habitamos ou pelas quais fomos habitados.

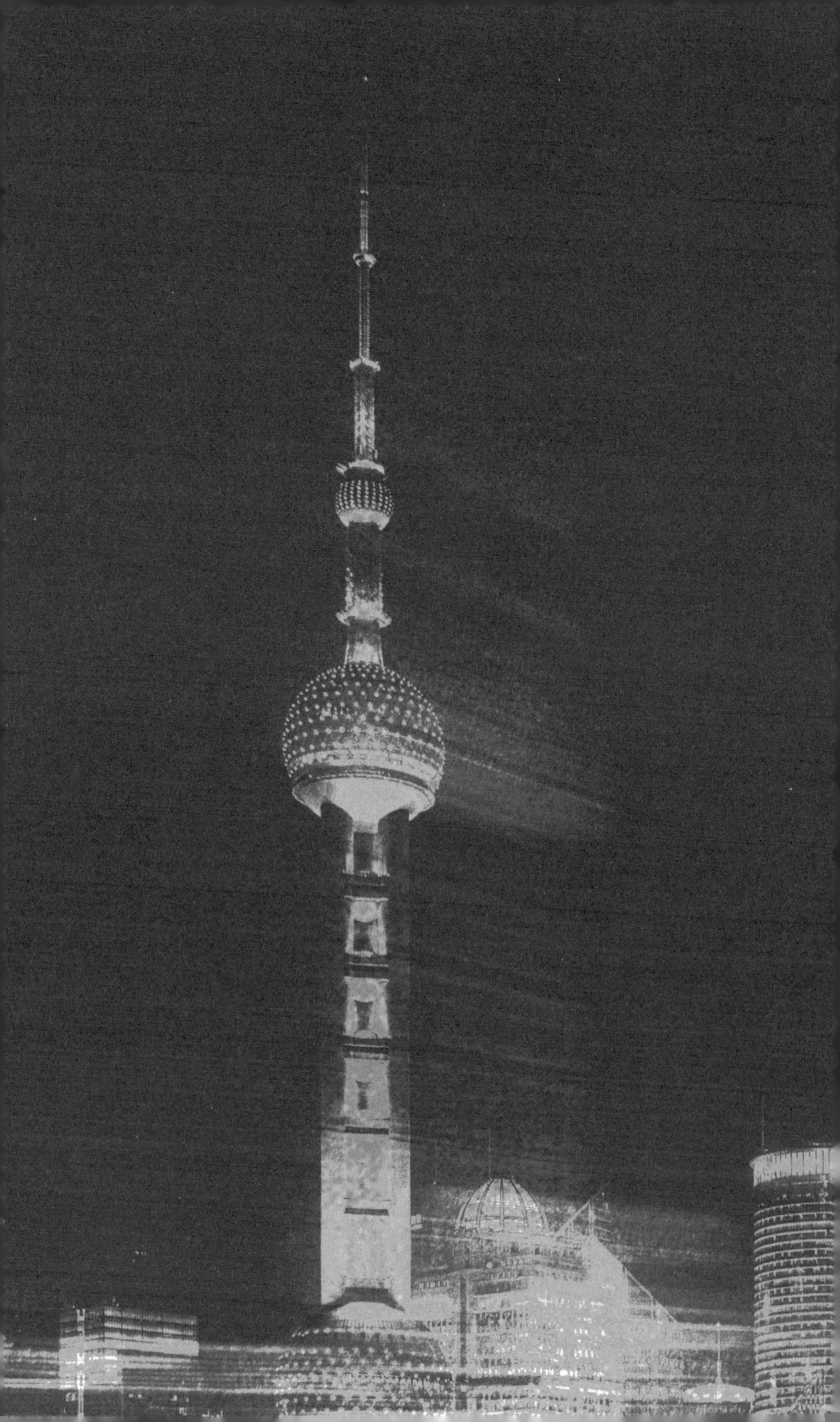

AMAR É SE DESPIR DE NOMES.

OCTAVIO PAZ

1.
BOCA

Quando Xu me morde, quando me tem entre os dentes, nua e má sobre mim, eu estou bem. Não é uma coisa humana, mas acontece mesmo assim, como acontecem furacões ou terremotos. Começou em uma tarde de novembro, contra as janelas do seu apartamento em Wujiaochang, com as luzes azuladas do centro comercial em nossos rostos, e continuou em lugares menos privados. Antigas fábricas têxteis e matadouros dos anos 30, lugares cheios de lógica e abandono, arquiteturas gélidas e ferrosas, com luzes de outono à deriva sobre chapas de metal em desuso. Estava em Xangai há apenas um mês, mas já conhecia a cidade intimamente. Nanjing Road, que a atravessava como uma coluna vertebral, a periferia poeirenta ao longo do rio Huangpu, os parques imensos, com suas bandeiras desfraldadas e suas peônias grandes e vermelhas, como cabeças de recém-nascidos. Os cintilantes arranha-céus de Bund e o vento árido que soprava do oeste e atravessava tudo, fazia tremer tudo, o vidro e o aço e os muros pomposos, o complexo industrial abandonado, os plátanos alinhados nos distritos ocidentais. Frequentava esses lugares há apenas um mês e já me sentia em casa, como nos fazem sentir em casa todas as coisas que, ao mesmo tempo, nos sufocam e dão segurança.

Nunca perguntei a Xu se ela já havia feito o mesmo com outras. Nunca perguntei se sou a primeira. Mas à noite, quando vou com ela e suas magríssimas amigas loiras oxigenadas à Poxx, me flagro observando com apreensão seus pulsos, suas peles, seus tornozelos finos, com medo de encontrar marcas iguais às minhas. Às vezes, um arranhão rosado brilha por um instante em um dedo, ou nas beiradas de um sorriso. Só que isso não é prova suficiente, não é nada: sob a luzes estroboscópicas, é difícil ver bem a pele.

Acabo sempre bebendo saquê demais e voltando para casa sozinha, sentindo tudo girar. As ruas da área de concessão francesa são tão elegantes que agravam as minhas inseguranças. Boutique, bistrot, brasserie, vitrines iluminadas com croissants inchados de fermento e recheados com creme de confeiteiro ou creme matcha verde fosforescente. Antigamente, a região era apenas um grande pântano. Nos anos 40, os franceses a transformaram em uma enorme casa de bonecas, úmida e cheia de putas. Vigoravam os direitos franceses e a luxúria francesa. Corpos magros, baratos e encharcados de eau de toilette. Os bordeaux em cálices de cristal a quilômetros das tigelas lascadas dos distritos populares, as perfumarias acéticas longe dos becos sujos de mijo e dos canais de drenagem pedregosa, onde crianças defecavam de mãos dadas. Agora, é um esqueleto chique de tempos perdidos. Homens de negócios ocidentais degustam saladas de abacate e prosecco em mesas a céu aberto, sob filas de plátanos iluminados, se sentindo especiais porque vivem na China, se sentindo seguros porque não cruzarão essa linha francesa e jamais estarão na verdadeira China.

Se não estou atenta, erro a rua, porque muitas vias em Xangai têm o mesmo nome e se diferenciam somente por serem complementadas com norte ou sul, leste ou oeste. Devo ir para o leste. Leste é um pequeno ideograma que se parece com uma caixinha fechada, com minúsculas raízes crescendo tortas dentro dela. Se me perco, normalmente acabo encontrando as lojas do distrito de Jing'an, meu bairro, onde vendem carne seca e pãezinhos cozidos no vapor. Lâminas de barbear descartáveis, cremes faciais descartáveis. Sopas amareladas de micro-ondas. Máscaras faciais com embalagens que mostram rostos violáceos, com olhos bem fechados e bocas bem abertas, como se estivessem prestes a engolir órgãos genitais masculinos. Penduradas nos tetos, cabeças de porco com seus couros reluzentes.

Ela se chama Xu, mas eu pronuncio errado. A língua deveria se manter no fundo do palato, onde começa a garganta, para então fazer um assovio poético e longínquo, como certos pássaros noturnos. Em vez disso, eu a chamava com xis de raio-x e de xilofone de brinquedo. Um xis prosaico, fora de sintonia. Era o início cacofônico do nosso amor. Depois, fui melhorando e comecei a dizer *sh*, como se estivesse silenciando alguém. Mas continuava errado. Eu não conseguia emitir o verdadeiro som que representa a garota em quem eu pensava o dia inteiro. Assim, passei a não chamá-la mais. Minha boca se abria, tremia um pouco, desistia: visto de fora, não dizer o nome da pessoa que se ama se parece com asfixiar no fundo do mar.

O atendente do caixa suga o seu espaguete e não escuta meu cumprimento. "Ni hao", repito, "ni hao". Significa "você está bem". Aqui se saúda assim, com uma mentira genérica sobre quem está diante de nós. Em uma cadeira, há um gato branco de coleira. Está parado, mitológico. Se me perco, acabo sempre na mesma loja de conveniências, como uma bolinha caindo no fundo de um fliperama. Pergunto ao caixa onde fica o Templo da Paz Divina, porque meu hotel fica bem em frente, e meu quarto, lá no alto, no trigésimo primeiro andar, onde o barulho da terra não chega.

    O atendente é sempre igual, mesmo se eu entrar em uma loja diferente. Rosto duro e sem pelos, olhos finos. Ele abre um mapa no seu celular e aumenta e diminui o zoom da imagem, me mostrando coisas que eu mal entendo. Complicadas marcas azuis sobre um fundo branco. Uma rota a seguir. Acho o homem bonito, mas deve ser porque me sinto sozinha há muito tempo. Se me pergunta como me chamo ou o que faço na China, se me pergunta coisas mais pessoais do que questões geográficas, mostro na tela do celular o ideograma de casa como quem diz "vou para casa, só quero ir para casa". A palavra *casa* às vezes não passa de uma súplica. Ele sorri. Agradeço e compro caramelos White Rabbit. Eles são envoltos em um plástico comestível que não se pode remover, é preciso rasgá-lo com a língua para chegar ao recheio. Até esse recheio não tem gosto de nada. Na embalagem, há um coelho que me faz lembrar de um bicho de pelúcia que eu quis muito no Natal, quando tinha cinco anos, e ninguém comprou para mim. Compraram para o meu irmão. Meu irmão gritava mais forte, desejava com mais força, seus lamentos abarrotavam shoppings. Chego no hotel, o lugar que chamo de casa. O ideograma de casa mostra um porco deitado sob um teto: os camponeses chineses aninhavam porcos como se faz com recém-nascidos, com um afeto cheio de desânimo.

    Na cama, confiro o celular e encontro mensagens de Xu. Estão em chinês. É o seu modo de me dominar. Assim ela se mantém indecifrável, me obrigando a um esforço de compreensão. Abro o aplicativo de tradução, depois mudo de ideia e fecho. Insulto ela entre dentes: "ragazza sadica, narcisista". Xingar em voz alta, comigo mesma, são as únicas ocasiões em que ainda uso o italiano. Xu ama poucas coisas no mundo. Ama o silêncio, os batons, as linhas de luz que se formam na parede através das persianas meio fechadas. Ama estômago de porco com molho hongshao e ama me fazer mal. Porco ao molho hongshao é muito fácil de fazer: é cozido lentamente com vinho, óleo, molho de soja e um bocado de açúcar. Quando pronto, o estômago brilha, vermelho como um rubi.

Não lembro mais como eu era antes dela. Me recordo apenas de informações pessoais, do tipo que qualquer pessoa que me conheça saberia dizer. Tipo que vivi em Roma desde que nasci e que assistia muitas séries de tevê, estirada no sofá de casa. Lembro que tinha um pai e uma mãe a quem eu amava e ainda amo, e que há seis meses tinha também um irmão. Lembro das plantas amarelas com bordas acastanhadas no peitoril da janela do meu quarto e do barulho ensurdecedor da coleta seletiva de vidro trabalhando pela avenida Vittorio Emanuele. Lembro que brigava com minha mãe em voz baixa, logo me sentindo cansada, e que na metade da discussão meus sentimentos se tornavam mecânicos e eu já não me identificava mais com os motivos da briga. Lembro que o lugar onde brigávamos com mais ferocidade era o quarto vazio do meu irmão. Lembro que eu tinha cabelos longuíssimos e que dormia muito, e que antes de dormir sempre dizia a mim mesma que regaria as plantas amarelas no dia seguinte, com certeza o faria, mas depois nunca regava.

Gosto muito do meu quarto de hotel. É cinza, despojado e o piso de parquet é falso. Não tem cortinas nem persianas nas janelas, e delas se pode admirar Xangai do alto, o que é a coisa mais bonita que já vi. As hélices do exaustor de ar, instalado do lado de fora da janela, fazem um ruído raspante e despótico que nunca se encerra. Um barulho que entra nos sonhos, como um alerta, e que substitui a música quando sonho que meu irmão toca piano e ri.

Sei que todos os quartos dos trinta e seis andares do hotel têm um exaustor igual, e isso me conforta: a ideia de ter qualquer coisa em comum com os outros, além da fisionomia humana básica. Um pequeno quadro, na parede em cima da minha cama, retrata uma coisa incompreensível. Um animal, talvez, ou uma paisagem endurecida pela seca. As linhas são abstratas de tal maneira que sou forçada a imaginar o que seja, mas não tão abstratas a ponto de trazer paz. Às vezes, queria encontrar qualquer pessoa no elevador, mas quando entra alguém sinto um nó na garganta.

Xu tem cabelos cor de alcatrão e é estupenda. Mãos finas, pernas lunares. Um sorriso sombrio e ligeiramente torto. Ela poderia tocar harpa e desfilar nas passarelas mais aplaudidas. Poderia ser uma namorada compreensiva, do tipo que evocamos com brilho nos olhos em reuniões familiares. Ela poderia ser tantas coisas, mas não é nenhuma. É aquela a quem amo. É aquela que não consegue me amar. Quando seus lábios secos e rachados tocam em mim, penso em coisas inúteis com muita intensidade. Como, por exemplo, que a língua que falamos não deveria sair do mesmo buraco de onde saem o vômito e o cuspe.

Se me pergunto como eram as coisas antes de conhecer Xu, me vem à mente o rosto do meu irmão Ruben, seu cabelo loiro espetado e o nariz reto, as poucas palavras, o semblante firme e luminoso como o letreiro de um hotel depois de uma longa viagem. Estou acostumada a pensar nele ao invés de em mim. É mais cômodo, porque ele era melhor. E o fato dele estar morto torna esse exercício mais eficaz.

Ainda é sábado. Ainda é noite. Continuo zonza. Coloco o telefone em modo avião e como bolinhos de arroz cor de piche. Como muitos. Como até a náusea. São esponjosos, insípidos, e parece que estou comendo a noite úmida de certos becos perto da estação Hongqiao, onde vou com Xu para arranjar a pílula amarela, feita à base de bile de serpente e inibidora da necessidade de segurança. Ela age sobre a amígdala, dando a sensação de que o cérebro foi enrolado em um cobertor de palha. Se tomar duas, você se sente protegida mesmo se estiver sentada no carona de um assassino que dirige a trezentos quilômetros por hora. Xu é a minha assassina a trezentos quilômetros por hora. É ela quem me põe em perigo e me faz esquecer o sonho banal que une todos os humanos: estar em paz, em segurança, estar em paz e em segurança.

É 18 de novembro. Alguns arranha-céus se apagam do lado de fora dos vidros espessos das janelas, exceto pela academia, onde silhuetas negras de mulheres seguem se movendo como peixes. Escritórios permanecem debilmente iluminados, com luzes fracas e amareladas que resistirão até o dia nascer, enquanto assisto o seriado japonês *Júri sentimental* na Netflix até pegar no sono, sem querer saber que coisas Xu me escreve.

2.
LÁGRIMAS

Cheguei em Xangai em 2 de outubro. Eram os últimos dias do verão mais longo dos últimos cinquenta anos. E também o que teve mais tufões e inundações. Cento e quarenta e oito dias de umidade — um recorde para Xangai — e uma sequência de quatro tufões. Enquanto, em Roma, eu me ocupava com o lado burocrático da morte do meu irmão (testamento, obituário, anúncio nas redes sociais), em Xangai estiveram Lekima e Lingling, Tapha e Mitag. Um após o outro, com seus nomes guturais como presságios. Cargas ansiosas de vento e poeira. Enquanto, em Roma, eu chorava as últimas lágrimas até secar um ponto exato do meu coração, aquele que será sempre de Ruben, esses tufões asiáticos causaram um terço do total da quantidade de chuva daquele verão. Os jornais disseram que, depois de toda aquela água, o outono seria insolitamente seco e ensolarado. Desprovido de qualquer violência e sentimento. Um final feito de luz e perda, como qualquer paz. Uma rendição.

Saí do aeroporto de Pudong sob neblina escura. Era noite. Não, não era noite, eram dezoito horas. Encontrei a parada de táxi caminhando contra o vento. Senti falta dos meus pais — mas eu tinha vinte e sete anos, não era mais idade para esse tipo de nostalgia que se parece com medo. Além disso, a parte mais importante da minha família não existia mais. Nem na Itália, nem em qualquer outra parte do universo. Meu irmão. Meu irmão gêmeo. Ele queria ser cozinheiro, queria viver na China, em um andar bem alto, próximo do céu. Acenei para o primeiro motorista da fila.

Da janela, a cidade me pareceu grande demais. Dilacerada em todas as direções. A periferia luminosa dos arranha-céus, as ruas intrincadas, o brilho glacial dos letreiros brancos das lojas de conveniências — nada disso formava na minha cabeça uma ideia de cidade: não havia ordem, mas acúmulo, como em um sonho que esfarela traumas em cima de lembranças casuais, misturando corpos, símbolos e filmes de tevê. Um sonho arrebatador e lúgubre, que se apaga quando acordamos. Paramos, bloqueados pelo tráfico, ao lado de um enorme castelo de contos de fadas: a embaixada russa.

O taxista me disse para descer e, com um dedo cheio de nós, apontou para uma via além de um edifício com janelas azuis em forma de colmeia. O hotel ficava no número 199 de uma rua que, segundo as indicações, ia somente até 129. Dei três voltas pela quadra, imersa em uma névoa espessa de poluição e fritura. O quarteirão era um labirinto de construções altíssimas e pequenas lojas. Portas automáticas de lojas de conveniências se abriam e se fechavam, com suas luzes frias e manicomiais. Mãos colocavam pãezinhos cozidos dentro de cestos de vime no meio da rua. Era hora do jantar. Pelas janelas dos restaurantes, eu via gente animada se esticando sobre mesas repletas de comida. Perdi de vista o edifício colmeia. O procurei com os olhos, procurei suas janelas, mas o azul havia desaparecido.

Passei duas vezes em frente à loja de sapatos que imitavam outros sapatos e três vezes em frente à que vende chips de internet. 128, 129, depois a rua se abria em uma praça estreita, um posto de bombeiros, uma fileira de restaurantes fechados. Não entendia para onde deveria ir, e minha ansiedade aumentava. Uma garota de rosa, com uma cabeça muito grande, gritou qualquer coisa a outra, que estava do outro lado da rua, iluminada por um poste de luz, em meio ao barulho dos carros, e era um alívio não entender o que diziam. Eu estava tão cansada, cansada de tudo, cansada que o cérebro me obrigasse a entender as coisas.

Finalmente vi um portão de ferro forjado. Passei por ele e o hotel era ali, um 199 enfiado entre um 128 e um 129, cheio de bandeiras que se debatiam ao vento. A recepção era no vigésimo primeiro andar, atrás de uma planta falsa, com folhas brilhantes e carnudas. O atendente tinha cabelo verde e não falava inglês. Nem italiano, obviamente. Sua voz era fresca e petulante. Falei e gesticulei, ele não me entendia, me deu vontade de chorar. Se eu tinha reserva? Claro que tinha. Quem fez a reserva? A escola de línguas Dianzhou? Não, eu mesma. Pode repetir o seu nome? Desmontei as sílabas, contei as palavras como um rosário, atordoada pela dificuldade, pelo deserto que se estende impassível sob a linguagem. Entre uma sílaba e outra, deixava um instante de silêncio para permitir que o garoto do cabelo verde se orientasse rumo ao sentido das palavras.

Quis me livrar daquela situação como sempre havia feito: pronunciando não o meu nome, que o garoto, de semblante embaraçado, continuava perguntando, com receio de ter digitado errado, mas o do meu irmão. Ruben, Ruben, Ruben. Uma fórmula mágica. Ele sempre me ajudava em tudo. *Ruben, conserte a impressora. Ruben, melhore o meu ânimo, me console porque levei um fora e me sinto só, porque chove lá fora e a mancha na minha camisa não sai... Ruben. Ruben? Ruben, minhas mãos estão secas, os olhos secos, olhe como estou pálida. Ruben, sou como esta planta falsa, sou...*

Meus lábios tremeram. O garoto repetiu "sorry" e procurou de novo no computador. Olhei a planta e me pareceu que a voz dele vinha daquelas folhas de um verde lânguido e passivo. Mostrei um e-mail no meu celular, ele encontrou o número de reserva, e então me entregou um cartão cintilante.

3.
OLHOS

Dormi por onze horas. Acordei às seis da manhã, cansadíssima, com o farfalhar de um jornal deslizando sob a porta. Me levantei. Um jornal para estrangeiros, em inglês. Páginas brilhantes e cheias de figuras. Aprovada a construção de uma ponte de 2.135 metros na província de Guizhou. Um temporal se aproxima. Os olhos de uma mulher saltaram do crânio e ficaram na toalha, depois do banho, em um hotel quatro estrelas de Pingyao.

    Abri a torneira e me servi de água. Tinha um cheiro pungente a algo químico. Não a bebi. Procurei na mala a cafeteira moka que havia trazido da Itália e usei a água comprada no avião. Esperei o café passar sentada diante da janela. Lá fora, Xangai resplandecia sua beleza complexa e vítrea. Do meu quarto, se via o dourado Templo da Paz Divina e seus leões luzentes nos topos das colunas. Um horizonte cinza-azulado, pontuado por prédios colossais e embaçado pelo ar poluído. Ao nível do chão, na rua, um tapete de pessoas em movimento. Disse a mim mesma, incrédula, "estou na China", como se devesse convencer a mim mesma da veracidade de uma paisagem de papelão em uma peça de teatro escolar. Como se aquela não fosse a minha vida. E realmente não era.

Desenterrei o telefone da mochila e o liguei. Dez mensagens dos meus pais e cinco de Michele. Meu ex. Ler o nome dele na tela não me provocava nada. Em 1º de outubro, assim que acabei de fazer a mala, terminei com ele via WhatsApp. Chovia e eu estava no banheiro, sentada na privada, com a tampa fechada, e faltavam poucas horas para o meu voo. Em seguida, ele me mandou uma mensagem de voz de onze minutos. Escutei apenas dois. Tinha a voz macia como um gramado recém-aparado, era gentil — mas coisas gentis não me serviam mais.

Lá fora, o calor era opressor. Em frente ao hotel, a grelha a céu aberto de um restaurante egípcio emanava um cheiro de gordura animal e cominho. Adiante, uma rua estreita, Yuyuan Road, que desembocava em uma praça. Enorme, abstrata. Coroada por um edifício art déco vermelho e dourado, suntuoso e decadente, empoleirado lá no meio como o espectro de um lugar do passado. Foi uma boate nos anos 30, depois faliu, depois virou cinema de propaganda maoísta, até finalmente ser abandonado a si mesmo: um castelo dilapidado no coração de uma cidade cada vez mais tecnológica. Isso até um lado dele colapsar, em um dia chuvoso de 1990, assim, de repente, como a frágil ossada de um animal morto, matando um pedestre. Hoje, está entre as dez boates mais badaladas da cidade. Renovado, polido, com aquele ar sinistramente sentimental dos bailes castos do início do século passado, com suas paixões nunca ditas em voz alta. Se chamava Paramount, em inglês, ou Bailemen, em chinês, que significa "o portal dos cem prazeres". Toda vez que uma palavra estrangeira é traduzida para o chinês, ela se multiplica como uma bolinha de plástico em um caleidoscópio: seu significado e som originais, ao serem replicados por essa nova língua, acabam ganhando a companhia de novos sentidos, impostos por cada ideograma. Cada palavra estrangeira transcrita em chinês é um portal dos cem sentidos, dos cem prazeres. Pronunciá-las sem saber o que significam causa uma espécie de vertigem. Ultrapassei o edifício, fazendo esforço para parar de olhá-lo. O Paramount reluzia com uma luz sutil, quase invisível sob o sol ofuscante.

A China era o sonho de Ruben, não o meu. Ele havia sonhado com ela por anos. Sonhado com os templos, os bambus, as mulheres com rostos de cera na Ópera de Pequim. China imensa, cerebral, astuta. Aos treze anos, ele guardava os papéis amassados dos biscoitos da sorte: *A amizade é um valor importante; o futuro te surpreenderá.* Aos dezesseis, comprava palitinhos para comer como os orientais e algas desidratadas nos supermercados asiáticos atrás da Piazza Vittorio. Ele queria abrir um restaurante italiano em Xangai, elegante e com um toque experimental, não apenas com pratos tradicionais. Um lugar onde a comida seria fantasiosa e fizesse todos se sentirem melhor. China. O país da filosofia e das bonecas infláveis. Aqui, elas são bens de necessidade básica: para cada 113,5 homens, existem apenas 100 mulheres. É preciso preencher essa lacuna. Intervir nessa solidão. Todos os anos, essas bonecas são vendidas aos milhões. O mais alto faturamento do gênero no mundo. Lábios entreabertos, pele de silicone caríssimo, olhar lânguido fixo. Movem os braços e te dizem palavras afetuosas. São as mais belas, as mais realistas, as mais adequadas para libertar os humanos do capricho de amar pessoas reais. *I love you, I love you, hold me close.*

Entrei em uma rua enorme, ladeada de plátanos envoltos por emaranhados de lampadinhas. Não sabia onde estava. Então vi a placa: Nanjing Road/Nanjing Lu. Podia ser chamada de qualquer um dos dois modos, como qualquer rua: o modo certo e o modo híbrido, meio em inglês. Disse os nomes duas vezes para não esquecer onde estava. Para saber para onde retornar, caso me perdesse. Memorizei a loja de camisetas com unicórnios. A bandeira esvoaçante no topo da fachada. O meu reflexo molenga na vitrine: nos últimos meses, enquanto meu irmão ia se esvanecendo e ocupando cada vez menos espaço, até morrer, até se misturar aos grãos da terra, eu aumentei. Cinco quilos e alguma coisa. Havia algo de lógico, como uma lei da física, nessa troca de pesos. Algo de terrível.

Caminhei por horas. Segui as árvores até um horizonte de aço e luzes. Tudo era belo, não havia nada que não fosse belo. Os edifícios brilhantes, as sebes bem cuidadas, as lojas luxuosas de dez andares, as vitrines repletas de flores opulentas. Os plátanos com galhos robustos e ávidos como árvores de Natal de plástico. Me senti inquieta. Estava habituada à beleza interrompida, às lixeiras de Roma que transbordavam entre anfiteatros e igrejas medievais. Ao invés disso, em Xangai, a beleza parecia se desdobrar sem obstáculos, com uma continuidade sufocante. Modelos com maçãs do rosto afiladas posavam imóveis, sentadas em cadeiras douradas, esperando a gravação de um comercial de perfume importado. Atrizes atravessavam a rua vestindo preciosos qipao estilo anos 20, cabelos puxados para trás, com olhares assépticos. Garotinhas com rostos redondos e luminosos como frutas cítricas posavam em degraus de mármore, diante de cartazes que anunciavam qualquer coisa em letras garrafais. Pais de mocassins engraxados tiravam fotos. Entrei em uma loja de conveniências; havia bonecos rosas e amarelos nas prateleiras e massas prontas em recipientes de plástico. Apontei para um pão cozido no vapor, que mordi diante de todos e estava fervendo.

Fora, na rua enorme, o sol vermelho se espelhava nas fachadas dos diversos prédios, dos compactos e quadrados da Gucci e da Armani aos finos e esguios das multinacionais, refletindo uma claridade nítida e falsa de set de tevê. Eram cinco horas, muito cedo para um pôr do sol de fim de verão, ao menos para mim, com todas as minhas recordações italianas, todos os terraços romanos inundados pela luz que tenho guardados na minha mente. Estava na cidade do dinheiro e dos amores velozes. Dos edifícios eretos, altos a ponto de não se poder ver a vida que implora lá embaixo. Onde estavam os mendigos, os sem-teto? Xangai, na história da China, sempre foi a cidade do luxo. Da moda deslumbrante, da tecnologia, da vida envernizada. Ainda era. Se via por todos os lados. O brilho sinistro da abundância. A avidez por se elevar sobre a miséria, com asas de diamante importadas do Ocidente. A leveza. A esperança infantil, onipotente, de nunca mais ver o lado podre da vida. Xangai ainda era a cidade mais rica, mais arrogante, mais fabulosa. A mais antiga tradição chinesa de braços dados com prósperas mãos europeias. Me doíam as pernas, mas eu queria percorrer o maior espaço possível. Percorrer é melhor do que entender. É mais reconfortante. Preencher o espaço dos pensamentos com ruas largas e desconhecidas. Queria voltar para casa, mas casa era onde estava Ruben, e Ruben não estava mais em nenhuma parte.

Caminhei até a People's Square, um espaço amplo e caótico, repleto de letreiros com luzes apagadas. Dezenas de acessos para o metrô se abriam pelo asfalto, dando à praça uma sensação de afundamento. Por lá, havia um parque estreito e longo, cheio de guarda-chuvas abertos no chão, sobre as calçadas. Entrei. Já estava escurecendo. Nos guarda-chuvas havia folhas com textos e, atrás de cada um deles, havia uma mulher, todas com uns cinquenta anos, e o calor úmido que emanava do pavimento parecia impresso nos seus rostos quadrados e inchados. Falavam. Eram nervosas. Falavam como se estivessem vomitando. Tinham braços musculosos e olhos tristes. Pensei na mulher sobre quem eu havia lido no jornal: sentada na privada, nua, os globos oculares sobre o ventre, envoltos na toalha de banho, como bebês.

Tentei ler o que estava escrito nos guarda-chuvas. A escuridão tornava isso ainda mais difícil. E que lugar era aquele? As grafias eram nervosas, como se fossem pedidos de ajuda, os papéis não estavam bem presos. Sabia poucas palavras em chinês, mas, nos seus dois últimos meses de vida, Ruben me ensinou a estrutura da língua por alto. Parei para ler a folha presa a um dos guarda-chuvas, com esforço e usando o tradutor do celular: *Me chamo Ling, tenho trinta anos, amo passear e ir ao circo. Se você é alto e gentil, também é o meu amor. Ligue para este número.*

Li outras folhinhas. Duas, três, dez. Eram anúncios matrimoniais. Lacônicos e resignados. As mulheres postadas atrás dos guarda-chuvas, que se estendiam por todo o parque, eram as mães daquelas filhas que procuravam maridos. Em cada guarda-chuva, uma súplica de amor toscamente colada com dois pedaços de durex.

Voltei para casa seguindo os plátanos. Como um mapa. Eram plátanos londrinos. Árvores pacientes, resistentes a doenças e à desidratação. Dotadas de raízes tímidas, que não devastam as ruas. Ideais para serem espalhadas como órfãs por uma metrópole sem limites. Ideais para serem abandonadas a si mesmas. Suas cascas esverdeadas caem compulsivamente, uma remoção contínua, libertando as árvores da poluição. Em determinado ponto, já era escuro demais e eu estava exausta. Acenei para um táxi. Mostrei ao motorista o endereço no meu celular. Ele partiu com um solavanco, virando numa ruazinha escura. Eu havia lido tudo sobre a China. Para estar à altura daquele sonho que não era meu, atuar nele de modo crível, como uma atriz diante de um texto complexo em língua estrangeira, estudei tudo. A história, a poesia, a inteligência do idioma — uma língua com muitos símbolos e pouca gramática, uma língua abstrata e musical, feita para se comunicar com os deuses. Pela janela do carro, por um instante, vi um mendigo sentado no chão. Tinha nas mãos uma caixa de leite. Um policial, de longe, o afugentou com um assovio. Ele fugiu e desapareceu na escuridão. Senti minhas bochechas queimarem de culpa, como se estivesse febril.

4.
ESPINHAS

No dia seguinte, começaram as aulas. Eu já havia lecionado para turmas de estrangeiros em Roma, mas desta vez era diferente. Na China, os alunos de italiano são estudantes que não somaram pontos suficientes nos exames de admissão para poderem estudar inglês, francês, alemão. O italiano, na China, é a língua que resta aos perdedores. Mesmo assim, me perguntava se meus alunos se apaixonariam pela língua. Se poderiam se apaixonar pelo fruto da própria derrota. Talvez ali, fora do âmbito universitário, as coisas fossem diferentes. Às oito da manhã, me abanando com um folheto, caminhei os trezentos metros que me separavam da escola. O céu estava turvo, impregnado de vapores químicos e do aroma de comida de rua.

A escola era laranja. Os banheiros eram laranjas, com torneiras decrépitas. E nas paredes, sobre cada torneira, havia resíduos retangulares de espelhos que não existiam mais. A sala de aula era laranja. Enquanto eu me sentava à minha mesa e sacava minhas anotações, um bando de mosquitos pousou em mim. Os mosquitos sempre apreciaram o meu sangue. Nunca os espantei. Via a fome deles como uma forma de amor. Via cada invasão como uma forma de amor. Era um defeito meu. Quando criança, nas noites de verão, abria a janela, acendia todas as luzes e estendia meus braços e pernas com cuidado, para melhor receber os insetos da vizinhança.

— Venham, pequeninos — eu dizia em voz muito baixa, de modo que só eles escutassem.

Tudo começou no útero, provavelmente. No aquário que dividi com meu irmão. Desde fetos, nos defrontamos com a questão de como ocupar o espaço. O corpo decide as coisas sozinho, gera entrelaçamentos, uma espécie de opressora harmonia. Mas, assim que nascemos, as decisões passam a ser racionais. Dia após dia. Onde ele estava, eu não estaria. Quem atrairia os abraços mais apertados, as atenções mais doces. O amor que tocava a ele não tocaria a mim. Instintivamente, com mórbida paciência, decidi ser quem ocuparia menos espaço. Os outros seguiram a minha escolha. Para Ruben eram destinados os presentes de Natal mais bonitos e as porções maiores de batata frita. As expectativas dos adultos quanto ao futuro. Não havia uma lógica. Havia o meu sacrifício, oferecido ao acaso, como o ferrão que a abelha finca em um braço antes de morrer.

Os alunos me observavam perplexos, sentados rígidos em suas cadeiras laranjas. Lápis e cadernos simetricamente posicionados sobre as mesas. Dicionários e tradutores eletrônicos em stand by. As garotas eram maioria. Algumas bonitas, outras horríveis. Outras simplesmente comuns.

Tinham espinhas cor de rubi sobre as bochechas, os olhos imóveis. Nos seus rostos havia uma empolgação, alaranjada como o final de um pôr do sol: desejo de aprender ou apenas de crescer e arranjar emprego. Assumi o posto de professora no lugar de outra mulher, que pesquisei no Facebook antes de vir para cá: semblante maternal, nome chileno sibilante. Não sei o que aconteceu com ela.

Então, peguei meus livros e canetinhas e comecei a fazer a única coisa que sabia fazer. Ensinar. Ensinar, para mim, não era um ato de generosidade. Nem de comunhão. Era um modo de me libertar das coisas que eu tinha na cabeça. Olhei para as estudantes com seus cadernos alinhados sobre as mesas. Me perguntei como devia ser para elas pronunciar uma língua que não fosse o chinês. O chinês é tonal; para elas, devia ser estranho e desolador dizer palavras privadas de uma nota intrínseca, de uma necessidade musical.

Iniciamos com as apresentações.

— Io sono Di — disse uma garota magra na primeira fila. "Eu sou Di", em italiano singelo. Era bem bonitinha, vestida de cinza. Parecia pouco à vontade. Mantinha os olhos baixos.

— O que houve? — perguntei, em italiano muito simples.

— A professora anterior permitia que tivéssemos nomes italianos — respondeu, seguindo em seu italiano sutil. E prosseguiu, corando: — Posso me chamar Elena?

— Sim. Claro. Pode ser Elena. Pode ser o que quiser.

Ela sorriu com alívio.

Como a professora havia mudado, elas podiam mudar de novo os seus nomes. Serem outras pessoas. Talvez fosse uma espécie de ritual de renovação.

— Eu quero ser Flavia! — disse, emocionada, uma menina de rosto largo e proeminente, sentada atrás da primeira.

— Eu sou Claudia! — gritou com entusiasmo uma outra, de blusa de bolinhas. Daí em diante, se seguiu um burburinho, todos pensando em novos nomes, que eram pronunciados de maneira convicta e intensa, como fórmulas sagradas e indecifráveis. A sala de aula explodia de entusiasmo.

O único garoto da sala se batizou Filippo. Até eu fiquei com vontade de não ser mais eu mesma, me tornar outra, qualquer coisa menos específica. Uma professora gentil e ligeiramente autoritária, como tantas. Do tipo que não rói as unhas e que usa salto alto, que nunca cumprimenta primeiro e que responde os cumprimentos que recebe com um sorriso distraído, mas cordial. Disse a eles que podiam me chamar de Xin, que significa "nova". Disse que era a real tradução do meu nome — mentir também fazia parte da novidade. Mais tarde, quando saí da aula, lembrei com desgosto que xin também significa "coração": mesma grafia, mesmo tom, semelhante ao de um copo quebrando.

Comi coisas frias em um parque cheio de gente. Folhas mortas, lagos artificiais cor de caramelo. Crianças se contorciam no calor como insetos. Uma canção dos anos 30, lânguida e viscosa, vinha de qualquer parte, parecia emanar dos leões de pedra incrustados no cimento. Um velho me pergunta, em inglês, com voz suplicante:

— Que horas são? — E logo responde a si mesmo: — É uma da tarde, ainda é uma.

De longe, um policial assoviou na sua direção e ele se mandou, sumindo. Uma placa dizia *Fique fora da água*, também em inglês.

Depois de comer, caminhei até Yuyuan, o jardim do século 16. Muitas rochas sinuosas e, em determinado ponto, um dragão suspenso no céu, de mandíbula negra escancarada. Logo adiante ficava o mercado: um carrossel de construções vermelhas, com pagodes, a céu aberto, sobre uma via de cimento esfacelada. Lâmpadas de papel; enguias pegajosas servidas em pequenos pacotes; iogurte congelado; lojas de chás aromatizados e de joias — estabelecimentos de luxo se erguendo entre os entulhos de canteiros de obras.

Era bom não estar em Roma. Roma era onde eu vivia e onde vivia Ruben, e onde ele morreu e eu continuei viva. Claro que Roma também tinha suas ruínas imponentes, os anfiteatros de pedra mastigados pelo calor e pelo tempo, quer dizer, Roma tinha a sua morte particular, que pertencia à sua arquitetura e à sua história, não tinha nada a ver comigo e com meu irmão, mas era impossível separar meus sentimentos do lugar onde os havia vivenciado.

Me sentei entre as pedras enquanto desconhecidos felizes tiravam fotos. A pele dos chineses tende a suar pouco. É inodora, mas geralmente oleosa. Às vezes, minúsculas espinhas nos rostos leitosos das garotas pareciam pedras preciosas, brilhando sob o sol ardente, e isso dava vontade de me aproximar delas e dizer-lhes qualquer coisa. Mas elas nunca estavam sozinhas. Tinha sempre um namorado ou alguém da família por perto, sentados nos bancos das praças por horas, rindo, comendo e cantando. Um verão assim tão longo leva quem é feliz a uma felicidade indolente, sem dias da semana nem horizonte. Não vai durar muito essa paz. Os tufões de julho, li no jornal para estrangeiros, tinham causado uma mudança sutil, mas profunda. A diferença entre dias e noites aumentará. Como dois mundos separados, mal alinhados. As áreas suburbanas ficarão mais frias. Sonhos vão congelar.

Percorri a ponte com nove voltas: água cor de arsênico, flores de lótus de plástico. Uma mulher corcunda, com olhos que pareciam buracos, me disse que essa ponte afasta os maus espíritos, porque demônios só caminham em linha reta. Ou seja, a ilusão daquelas curvas contínuas os matava. A mulher vendia pulseiras mofadas. Experimentei uma no meu pulso, mais por educação do que por qualquer coisa, mas a pulseira se partiu em duas. Ela começou a gritar. Me virei e fui embora. Me embrenhei na multidão aglomerada, sedenta por diversão e leveza. Se acenderam pequenas luzes amarelas nas torres onduladas dos pagodes. Uma mão quente e seca como um pedaço de casca de árvore me agarrou pelo pulso.

— Money! Money! Money! — a pessoa gritava. Era a mulher das pulseiras. Tinha uma boca longa e úmida, cheia de dentes podres. Ela me empurrou para trás e eu cambaleei. Disse outras coisas, em inglês, sussurrando enfurecida. Não entendi. E então entendi perfeitamente. — Look at you. You ugly bitch.

5.
ROSTOS

Acordei com o farfalhar do jornal. Passava das dez horas. Em Roma, isso nunca aconteceria. Em Roma, meu sono era denso e impenetrável. Somente em Xangai barulhos mínimos e sibilantes tinham esse poder sobre mim. Em Xangai, meus nervos estavam sempre tensos, e a trama que tecia a fase REM do meu sono era larga: entrava de tudo. Peguei o jornal. Previsão do tempo: sol absoluto, sem nuvens. Matéria sobre um bebê que nasceu sem olhos e foi abandonado em Nanzhou. A cada seis meses, enquanto crescia, seus implantes oculares seriam substituídos para que a cabeça não deformasse. Na foto, a mãe adotiva abraçava o bebê com um sorriso apático e com a mão direita sobre o crânio branco, semelhante a um ovo de avestruz.

Durante o banho, as palavras da mulher corcunda retornaram à minha mente. Palavras amargas, sussurradas entre dentes. Seria possível que ela realmente tivesse me chamado de "puta feia"? Não, não era possível. Saí da ducha e examinei o meu reflexo no espelho. Do pescoço para baixo. O rosto estava bem, porque, de vez em quando, se via Ruben por trás dos meus olhos, como um terçol, um traço de sangue e semelhança. O resto eu odiava. A barriga arredondada. As coxas. Toquei as ondas escuras das estrias com nojo. Ninguém tinha culpa se eu odiava o meu corpo. Não tinham culpa os meus pais, não tinha culpa a minha adolescência tímida e paranoica, nem os bolos que, todas as noites depois do funeral, eu comia diante da Netflix até sentir o abdômen rígido e dolorido. Talvez nem mesmo Ruben tivesse culpa, mesmo que ele tenha se permitido adoecer e morrer e me deixar sozinha. Aprendi a fazer bolos com ele: misturava a massa com força, os dedos formigantes e afundados na farinha, tentando lembrar as quantidades certas de açúcar e de manteiga. Mastigava, engolia, até chegar a uma sensação qualquer. Me vesti rápido.

A aula não terminava nunca. Após os primeiros trinta minutos, me dei uma pausa e fui ao banheiro retocar a maquiagem. Vestia um tailleur preto. No espelhinho do estojo de pó facial, me via apenas aos pedaços. Pedaços de teta, perna, antebraço. O exame acontecia sempre em banheiros. Tanto fazia, davam todos na mesma. Sob a luz crua do toalete da escola, entre azulejos límpidos e à prova de manchas, beliscava com desolação meus centímetros de pele em excesso. Quando Ruben estava bem, eu mantinha uma relação neutra com o meu corpo. Não me desgostava nem me atraía. Era apenas uma coisa à qual eu tinha o dever de prestar atenção, mas não necessariamente aquela atenção maníaca que as mulheres costumam atribuir ao corpo. Lavava e nutria ele e esperava que não me causasse muita dor.

Em um pequeno templo, enquanto voltava da escola, vi duas mulheres robustas e silenciosas preparando um dragão de papel, empoleiradas no parapeito de um lago. Era a festa dos setenta anos da república chinesa, uma festa que duraria uma semana. O lago era turvo, esverdeado, e o vento, que fazia esvoaçar o dragão de papel e os cabelos das mulheres, entrava nos meus ossos. De volta ao hotel, descobri que o Google não estava funcionando. O celular buscava conexão em vão. Não poderia procurar por "remédios para emagrecer rapidamente" e "como superar o luto" nem assistir minhas séries na Netflix. Saí de novo, irritada. As pessoas se espalhavam nas ruas para a festa. Riam e soltavam balões pelos ares, mordiscavam comidas pinçadas de caixinhas de papelão. Todos pareciam sentir uma alegria intensa, descerebrada.

Entrei na Nanjing Road. Uma rua infinita. Parecia se multiplicar a cada vez que a percorria. Passei pela loja de rosários budistas de plástico e presilhas de cabelo da Hello Kitty e peguei o metrô até o Century Park, o parque que imita o Central Park. Um lugar com muitas entradas e saídas, gramados bem cuidados e bancos lustrosos, além de arranha-céus se acotovelando do outro lado do rio Huangpu. Ele tinha uma atmosfera de novidade, fria e autista. De cópia urbanística sem emoção, como um exercício de geometria. Segui pela saída sete e acabei em uma praia falsa. Sobre as areias sintéticas, crianças faziam castelos e, de vez em quando, choravam com força até alguém abraçá-las. Teshigahara já fez um filme que se passa na areia. Em um buraco. Um filme repleto de sexo e estranheza. Corpos se transformando em produtos da solidão e do calor pegajoso. Assisti com Ruben. Mal me lembro disso.

Lavei o rosto em um banheiro público que tinha somente um espelho, os demais haviam sido arrancados.

Primeiro vi meu reflexo, e me olhei com indiferença. Depois vi meu irmão, como um eco, uma sombra secundária das minhas linhas, e sorri. Toquei meu nariz como se fosse o dele.

— Essa ponte afasta os maus espíritos, porque demônios só caminham em linha reta — disse comigo mesma, mesmo que não fizesse sentido nenhum.

Um dia antes da morte de Ruben, sentada ao lado dele na poltrona dura da clínica, li um artigo que guardei comigo. Dizia que os animais percebem a chegada da morte como se ela fosse um predador. Um predador invisível. Isso vale até para animais grandes, habituados a não enfrentar ameaças físicas. Percebem a morte e então simplesmente deixam ela entrar. Os músculos amolecem diante da inevitabilidade. Há uma doçura, eu acho, nisso de não se entender nada profundamente. Nós entendemos profundamente as coisas — a morte, o amor, o amor que não acaba com a morte, a morte que não acaba com o amor — e, no fim, nos deparamos com um mau humor grande demais para que sejamos doces. A dor nos torna rudes e desgraçados. Ao longe, enquanto eu deixava o parque, ouvi as frágeis notas de um erhu, violino chinês que entoa paixões perdidas.

6.
OSSOS

Em 31 de outubro, ainda fazia calor. Foi quando vi Xu pela primeira vez. Aconteceu na Poxx, uma boate para ocidentais no coração da concessão francesa. Eram dez da noite. Eu tinha corrigido exercícios até tarde e estava morrendo de fome, mas, quando saí, encontrei todas as lanchonetes da região fechadas. Depois de meia hora de caminhada, notei o letreiro neon, cor fúcsia, aceso entre duas árvores amareladas. Não conhecia aquele lugar. Pensei: neons fúcsias significam locais não chineses, e locais não chineses normalmente ficam abertos até tarde. Mas, para entrar, era preciso descer pelas escadas rolantes de Wuyuan Lu, saindo simbolicamente da China. Lá embaixo era Ocidente puro, ofuscante. China esterilizada até se transformar em Europa.

Na praça barulhenta, havia pubs irlandeses, cocktail bars e boates sombrias e piscantes, e todos os lugares tinham um ar muito glam, assim como as pessoas brancas que bebiam em pé naqueles locais, magras e seguras de si, lábios brilhosos de batom, risadas fáceis. Lá embaixo, eu aprenderia muitas coisas. A sentir ciúmes até me tremerem as pernas. A beber quantidades de saquê dificilmente toleradas por um estômago. A rir longamente. A cuidar de mim mesma sem receber nada em troca, como se faz com as plantas. A odiar as amigas de Xu. A tolerar as amigas de Xu. A me apaixonar por engano, como quando zapeamos, procurando algo para assistir na tevê, e acabamos parando em um canal religioso.

Escolhi a Poxx porque brilhava. Brilhava mais do que todos os outros lugares juntos. Especialmente por dentro. Uma luz azulada, alarmante como a de uma ambulância. Havia algumas garotas fantasiadas de freiras possuídas e de palhaços de Stephen King. Era Halloween, até na China. Talvez o fosse mais do que em qualquer outro lugar. Busquei a mesa mais próxima da parede, sentei e pedi camarões, que comi enquanto olhava um palhaço projetado na parede no fundo da sala. O palhaço aparecia e desaparecia na luz. Então, eu a vi. Em uma mesa isolada, sozinha. Usava uma máscara de raposa. Aquela branca, do folclore chinês, que se transforma em mulher para seduzir homens ingênuos e carentes. Lembrava vagamente das histórias — meu irmão tinha me contado.

Não é verdade que eu lembrava vagamente delas. Lembrava bem. Tinham sido contadas por ele e, por isso, me recordava delas melhor do que das coisas que eu havia descoberto sozinha. Histórias de mulheres magras e submissas que fingiam querer amor, mas buscavam algo mais sombrio. Suas unhas eram pontiagudas e seus olhos tremeluziam à luz de velas. Havia sempre um momento de revelação. Um momento em que as duas imagens — a raposa malvada e a mulher afetuosa — não coincidiam mais, e suas margens se separavam como um baralho de cartas atirado ao chão. E, então, acontecia alguma coisa irreparável.

A garota tirou a máscara. Pálida e angulosa, cabelo preto com corte chanel. Belíssima, pelo menos eu achei — estava sob antidepressivos há seis meses e qualquer coisa me parecia interessante. Começou a me olhar. Olhar fixo, como se lesse tudo no meu cérebro. As coisas que eu amava, as coisas que odiava, as besteiras que dizia diante do espelho para melhorar minha autoestima, como havia visto alguém fazer em uma série de tevê. *VOCÊ É FODA. CONTINUE ASSIM. VOCÊ PODE CONSEGUIR TUDO QUE QUISER.* As coisas inúteis acumuladas no cérebro ao longo de uma vida. Fórmulas, frases feitas. As coisas que Ruben tinha me dito no seu último dia de vida e que tentei não memorizar. *Pode ficar com o meu piano... Não estrague... Afine de vez em quando... Mande consertar as esquadrias da janela do seu quarto, tem entrado muito frio...*

Ela se aproximou. Sentou na beirada do banquinho ao lado do meu. De perto, tinha lábios carnudos e um corpo ossudo, como de modelos de capa de revista. Não podia acreditar que tivesse se aproximado justo de mim.

— Você é russa?

— Não.

— Alemã, então.

— Também não.

— Inglesa. Sim, é inglesa, sim. Eu gostaria de ir à Inglaterra, chove sempre, a chuva é maravilhosa. Quando chove, assisto um monte de filmes ruins e como porcarias. Mas eu gosto, é um modo de se estar sozinha pra pensar. Gosta deste lugar? E da China? Gosta da China?

Sob aquela avalanche de palavras em inglês, nada parecia se mover. Seu tom era calmo e frio. Eu respondia fazendo sim e não com a cabeça, como uma menininha interrogada pela polícia no coração da noite.

— Como estão esses camarões? Frescos?

— Não sei.

— Que saco. Por que não quer conversar comigo?

Eu estava bloqueada. Estava bloqueada, mas o mundo exigia uma reação de qualquer tipo. O mundo era uma garota estupenda que me fazia perguntas banais. Talvez seja sempre assim que ele se apresenta.

— Então? Tem alguém aí? No que está pensando?

— No meu irmão, Ruben. Ele morreu.

Foi a primeira coisa que me veio à mente. Fazia tempo que essa era a primeira coisa que me vinha à mente, sempre, não importava o contexto. De tanto dizer, parecia até já ter perdido parte do seu significado.

— Hã? Morreu hoje? É sério? Meu Deus.

— Não, não. Faz sete meses.

— Ah. E o que isso tem a ver com agora?

— Nada. Não sei por que disse isso.

— Talvez porque tenha te dado vontade de me dizer tudo. Isso é uma coisa boa.

— Não, não é isso. Eu digo isso o tempo todo. Ontem, disse a uma menina que comia sorvete na rua.

— E o que ela respondeu?

— Nada. Falei em italiano. Claro que ela não entendeu nada. Faço o tempo todo, de verdade. Em Roma, da última vez, disse a uma atendente de call center.

Riu. Sua risada tinha um som bonito. Não me ofendeu que risse de mim, do modo pateta com o qual eu enfrentava o luto.

— Te achei divertida. Devia falar mais.

— Quando falo demais, deixo de ser divertida e me torno ranzinza.

— Sim, percebi. Você é ranzinza. É ranzinza e tem cabelo loiro. E os olhos... são castanhos, eu acho. Talvez verdes.

— Não sei. Castanhos, quase sempre, mas, quando choro, ficam cinzentos.

— E você chora muito?

— Só quando necessário.

— Vou tentar te fazer chorar pra ver eles mudarem de cor.

— Prefiro que não.

— Me conta mais sobre você.

Ela descansou o queixo entre as mãos.

— O que quer saber?

— Gostou de mim?

— Hã? Nossa, que direta.

— Sou chinesa. Nós não perdemos tempo. Sabe em quantas horas construímos um hospital?

Riu de novo. Era uma risada plena de atenção por mim — mesmo eu não entendendo que tipo de atenção era essa. Talvez um interesse verdadeiro. Ou talvez a atenção cínica das crianças que observam formigas carregando comida antes de esmagá-las de repente. Não importava. Me sentia bem. Decidi rir também.

Mas ela ainda esperava uma resposta. Parei de rir e fiquei mastigando, ganhando tempo. Meu coração batia descompassado, e ela sabia disso. Lia a minha inquietação, minha excitação. Não pensava que fosse possível sentir uma atração física assim tão forte, capaz de ser percebida como o medo que os lobos farejam na gente. Ela pegou meu pulso. Atrás dela, havia um aquário cheio de tartarugas, com cabeças pontudas. Um garçom se aproximou e escolheu uma para matar.

— Vamos pro meu hotel?

Me engasguei e tossi, surpresa.

Descasquei o último camarão.

Pincei ele com os palitinhos e meti na boca, mole e borrachudo. Senti inveja do crustáceo por ele não ter

que decidir entre seguir ou não aquela garota esplêndida e desconhecida.
— Está bem, vamos.

7.
CORAÇÃO

O táxi voava pelas ruas semivazias, molhadas de chuva, em uma corrida de revirar o estômago. Acelerava e freava, aos solavancos, enquanto a noite ao redor se adensava, engolindo as lojas fechadas e os arranha-céus azuis, com seus topos afiados como facas. Tinha a desagradável sensação de que tudo — o dilúvio, o azul, as pontes de concreto arqueadas, os trancos da embreagem — entrava na minha cabeça e ficava enclausurado. Dos semáforos, atrás das janelas do carro, pingavam trilhas de luzes.

A Raposa continuava falando. Falava de tudo, com entusiasmo, enquanto a cidade escorria sombria por trás dos vidros. Ela se saía muito bem no inglês. Quando empacava em alguma coisa que não sabia dizer, ficava em silêncio, com o semblante contraído, enquanto outra ideia não surgisse. Falou de vestidos e de brilho labial, de doenças respiratórias causadas pela poluição, tão comuns em Xangai, e do fato de que quem as têm jamais deve comer algas. Contou que nunca viu gatos vadios na cidade. "Onde estão os gatos?", me perguntou. Eu não conseguia escutar de verdade, só queria continuar na trajetória daquelas frases, visada por aquele rumor que vinha da sua garganta e do seu pescoço, que saía do seu corpo, só para mim. Nunca tinha sentido um interesse assim tão físico pela linguagem.

O táxi parou. Olhei para o relógio, eram três da manhã. Já? Por um instante, me perguntei se aquele não era o horário italiano. Era uma pergunta sem sentido. Enquanto saía para a rua escura e ela estendia seu celular ao taxista para pagar a corrida, senti uma lágrima no meu rosto.

Estávamos em Pudong, o centro financeiro de Xangai. Um bairro novo, feito de gélidos arranha-céus e de shoppings que entravam uns nos outros, todos iguais e luminosos como as enfermarias de um hospital. Um bairro planejado para demonstrar alguma coisa, uma ideia de futuro ascético e de salvação, ainda incompleto. Subimos um lance de escadas, caminhamos em um círculo suspenso sobre a cidade adormecida, os prédios em forma de foguetes vermelhos e azuis, um ou outro carro passando em alta velocidade, alto-falantes tocando em looping um mesmo trecho de música clássica brega. As rampas eram numerosas e concêntricas, tão geométricas que feriam a imaginação. Sobre uma delas, um supermercado americano brilhava no escuro, no lugar da lua. A Raposa me pegou pela mão e disse:

— Gostei muito de você. Não sei. Talvez seja destino, não é normal.

Antes, havia campos de arroz aqui em Pudong. Quilômetros de arrozais dourados. Aqueles dos filmes com longos planos-sequência e rostos de camponeses queimados de sol. Agora, havia edifícios mais altos que aqueles de Dubai. A substituição tinha sido rápida e evidente. Erradicar tudo, se aproximar do céu através do vidro e do aço, se aproximar como um demônio que implora por luz. Dentro dos edifícios, escritórios de jornais e empresas, multinacionais e canais de televisão, o paraíso das finanças. Um acúmulo neurótico de restaurantes, cafeterias e cinemas 3D. Quando quase tudo estava com a luz apagada, à noite, como naquela com a Raposa, parecia que o futuro estava prendendo a respiração à espera de nós, de nos mostrar que vai ficar tudo bem.

Entramos em uma galeria que de repente desembocava em um centro comercial, com todas as lojas fechadas, e que depois se tornava uma rua ladeada por grades de ferro. Percorremos a via de mãos dadas, imersas na música que era consumida pela madrugada, sempre terminando e recomeçando, um som alegre, de um jeito pedante e obsessivo. Ela me falou do M50, um distrito industrial. Antes se chamava Chunming e era um complexo de fábricas e lojas, mas passou a abrigar cento e vinte galerias de arte. Eu escutava e fazia perguntas precisas e contidas. Achava que fosse só papo-furado, mas, na verdade, estávamos delineando a geografia da nossa relação — uma relação que ia sendo planejada como uma peregrinação. Como os japoneses do século 7: amantes iludidos e resignados quanto à vida e quanto à impossibilidade de suas paixões, que planejavam viagens que terminavam em suicídios em casal, chamados shinju. Literalmente: *no coração*.

Chegamos no hotel. A Raposa pagou tudo em uma maquininha. A observei pelas costas, seu cabelo brilhante como um capacete e a mão que digitava na tela. Me sentia inquieta e feliz. Talvez a felicidade fosse isso: uma imprecisão de contornos. Não havia ninguém na recepção. No hall de entrada, eram vendidos macarrões instantâneos e lubrificantes. Esperamos o elevador por um tempo infinito. Falei qualquer coisa que esqueci logo depois. Ao chegarmos no trigésimo primeiro andar, reparei que o teto estava descascando, parecia uma ferida.

Ela entrou no quarto e sentou na beira da cama.

— Como o seu irmão morreu?

— Hã?

— Você escutou bem. Responde.

Em pé ao lado do armário, um armário feio e gigantesco, eu queria encerrar a questão rápido e, ao mesmo tempo, desejava falar disso para sempre: desde que Ruben se foi, havia dentro de mim uma massa disforme que misturava os meus pensamentos com aqueles que acreditava serem dele. Era difícil separar, era difícil saber com o que me identificar.

— E então?

— Foi algo que ele sempre teve. Um defeito no coração.

— E você, não?

— Não. Era a única diferença. É, mais ou menos.

— Diferença?

— Entre nós, quero dizer. Nós éramos gêmeos. A não ser pelos olhos, os dele eram azuis. Além disso...

Passei o dedo no contorno das minhas bochechas: as de Ruben davam seriedade ao rosto, enxutas, e as minhas eram rechonchudas, rosadas, de menininha.

— Viu? Pareço uma criança.

— Mas isso é uma coisa bonita. É o único momento da vida em que somos bonitos, quando somos pequenos e não odiamos ninguém.

— Que nada. Crianças também odeiam.

A expressão dela congelou, grave.

— Mas não é um ódio verdadeiro. É só um amor de cabeça pra baixo. Dá pra colocar de cabeça pra cima em um instante, basta uma palavra que normalmente os pais não querem pronunciar.

— Qual é?
— O quê?
— A tal palavra certa...

Ela não respondeu. Tirou os sapatos de salto pretos e brilhantes como armas.

Tive o instinto de ir embora. Ir embora, esquecer aquela garota e fazer qualquer coisa indolor na minha cama. Assistir uma série, corrigir exercícios de aula. Já sabia que ter conhecido a Raposa não poderia ser indolor. Mesmo assim, sentei ao lado dela e pousei uma mão na sua coxa. A mesma mão que ela havia pego de repente, na rua, e segurado firme até chegarmos no hotel: uma mão que tinha absorvido uma espécie de promessa. Ao tocar na sua coxa, senti uma corrente elétrica me atravessar.

Imediatamente, ela se virou para mim e me encarou abrindo um sorriso largo, como uma maníaca.

— Davvero non ti ricordi di me?

Meu coração martelou no peito quando ela perguntou se eu realmente não lembrava dela assim mesmo, em italiano. A luz no ambiente estava muito forte. Vi suas pálpebras vibrarem como moscas em cima de alguma comida. Dali em diante, conversamos em italiano.

— Não entendo. Você fala italiano? Já nos conhecemos?
— Sou sua aluna.
— Minha aluna?
— Foi o que eu disse.
— Não tenho boa memória pra rostos.
— Já eu lembro de você muito bem.
— E por que só me dizer isso agora?
— Porque estava adorando tirar sarro de você. Não me olha assim, você fica com cara de boba quando está irritada...

Riu. Em italiano, sua voz era autoritária de um modo grotesco, como a de uma bruxa de desenho animado.

— Não entendo por que ter mentido.

— *Mentir*, que exagero! Não seja tão dramática. Queria conversar sem que você estivesse em uma posição vantajosa, de professora.

— Mas...

— Sim, você entendeu bem, na posição de alguém que deve me ensinar qualquer coisa...

— Não acredito que eu possa ensinar nada a ninguém. Quer dizer, além da língua italiana.

— Te parece pouco? Ensinar as pessoas a pensar em outra língua?

— Não. E me desculpe por não ter te reconhecido. Você não falou nada ontem durante a aula. Deve ser por isso que a sua presença não me marcou.

— Isso dito por quem não fala nunca!

— Realmente, não sou nada marcante...

Riu outra vez. Agora com doçura. Tirou seus brincos e atirou na mesa de cabeceira. Cada segundo que passava me fazia ter uma percepção diferente sobre ela: primeiro a achava adorável, depois maligna; depois de novo adorável, depois maligna, depois brilhante e vazia como os prédios do outro lado da janela. Minha mão continuava sobre a sua coxa. Era uma mão diferente agora. Diferente do que era poucas horas antes. Muito rosada sobre a sua pele branca, como algo que está queimando.

— Agora, tira a roupa.

Fiquei em pé, num susto. Ela largou seu celular sobre a cama.

— O quê? Não. Não estou pronta.

— Não é pra trepar.

— É pra quê então?

— Não sei explicar. É uma questão de sinceridade. Nada de segredos.

— Como assim?

— Não importa. Tira a roupa ou vou embora e te deixo aqui.

A doçura tinha desaparecido, mas não havia tempo para lamentar. Precisava ficar nua o quanto antes para não ser abandonada.

Desenganchei o primeiro botão da minha camisa. Minhas mãos tremiam.

— Não. Primeiro a saia. Depois o resto. Isso, assim, brava.

Chutei os sapatos para longe. Eles caíram de cabeça para baixo sobre o tapete. Em uma das solas, havia uma mancha que parecia sangue seco, mas era uma flor esmagada. Deixei cair a saia, depois a calcinha de algodão e, então, tirei a camisa. O sutiã também. A Raposa sorria enquanto olhava para os meus quadris carnudos, a saliência da minha barriga, a linha serrilhada deixada pelo elástico apertado sobre o umbigo. Ela sorria enquanto me comandava, porque sabia que a minha mente era mole como o meu corpo.

— Antes eu era mais magra. Antes de...

— Eu sei. Fica tranquila. As crianças são bonitas assim.

— Não sou uma criança — respondi, com voz acanhada e esganiçada, talvez a mesma que eu tinha no jardim de infância. Ela começou a tirar a roupa também. Deixou escorregar a calça legging de látex, tirou a jaqueta e o corpete de cetim. Sob tudo isso havia toda uma extensão de pele branca e opaca, parecida com o saco amniótico que recobre os corpos dos recém-nascidos. A luz entorpecente da luminária de parede, com watts demais, não revelava nenhuma verruga ou estria naquela pele. Apenas perfeição branca. Me aproximei da cama. Pensei na palavra *amor* e me envergonhei.

— Qual foi o último livro que você leu? — ela me perguntou enquanto desenganchava seu sutiã. Tentei lembrar, mas só me vinha à mente uma capa vermelha e palavras preenchendo páginas como formigas. Era como se, de repente, toda a minha vida perdesse os detalhes para dar espaço a uma outra.

— Não sei. Desculpa. Não me vem à mente.
— Tudo bem, falei por falar.
— Você não me disse seu nome...
— Xu. Me chamo Xu. E você?
— Ruben.
— Esse não era o nome do seu irmão?
— Sim, mas agora é meu.

Xu. Queria apenas olhar para Xu e ser olhada por Xu. Ser acariciada por Xu. Receber ordens de Xu. Estar ao lado de Xu tornou os meus pensamentos absolutos. Sem nuances. Como desertos ao meio-dia. Nos deitamos lado a lado. Sobre o edredom roxo fluorescente, sob as lufadas do ar-condicionado. Não conseguia parar de olhar para ela. A luz, sobre as paredes verde-manjericão do quarto, era cáustica e insistente. Na verdade, não estávamos exatamente lado a lado. Entre nós, havia espaço para um terceiro corpo. Por um momento, imaginei que aquele corpo fosse de Ruben.

Falou a noite inteira. Sem me tocar. Não queria me tocar. E eu não queria tocá-la. Qualquer coisa mais física do que uma palavra teria nos matado.

— Já trabalhei em toda parte. Trabalhos de merda. Só queria estar longe de casa.
— Entendo — respondi.
— Comecei aos quatorze anos. A trabalhar, digo. Limpava escadarias. Comia rãs fritas na frente da escola e depois ia trabalhar. Não descansava nunca, porque sabia que havia câmeras. São milhões de câmeras em Xangai, por isso é fácil começar a se comportar como uma diva por aqui. Quando sabemos que estamos sendo observadas, não

somos mais nós mesmas. Nos tornamos o que os outros gostaríamos que fôssemos. Entende? Eu limpava escadarias fazendo poses, mandando beijos para o nada, rebolando como eles gostam.

— Eles quem?

Ela me olhou perplexa. Só mais tarde entendi que *eles*, para Xu, era uma entidade genérica insondável e que ela jamais definia. Não valia a pena tamanho mal-estar.

— Eu tinha cabelo curto e não estava bem. Me vestia como um homem. Deixei crescer o cabelo. Comprei tops justos e meias arrastão. Atuei como modelo para algumas lojas de perfume e de lingerie. Eles gostavam dos meus lábios, das minhas maçãs do rosto. Eu era perfeita. Uma bonequinha. Já viu Molly? A boneca que vendem pelas ruas de Xangai, por toda parte? Como ela. Eu era como ela. Durou pouco. Não conseguiam manter as mãos no lugar. Velhinhos com olhos lustrosos e ereções fáceis.

— E depois?

— Na noite que completei dezenove anos, num set fotográfico bagunçado, conheci Azzurra. Isso, o mesmo nome da cor em italiano. Ninguém se lembrou de me dar parabéns. Ninguém mesmo. Digo isso pra te fazer entender como eu me sentia. A gente faz coisas pros outros, tira pedaços da nossa personalidade, e depois ninguém se lembra de quando viemos ao mundo. Tanto fazia se tivéssemos ficado no céu ou seja lá onde estamos antes de nascer. Entende?

— Quem é Azzurra?

Ela sorriu.

— Era gentil, muito alta, tinha quarenta e um anos e desenhava vestidos. Segui ela até Milão, mas brigávamos sempre. Me sentia sempre encurralada pelo olhar de julgamento dela. É uma sensação horrível. Faz a gente deixar de ser quem é. É como fechar a si mesma num quarto. Por sorte, na Itália, não há câmeras. Não tantas, pelo menos. Em Xangai, são cinco milhões, eu já disse isso? Ah, já. Mesmo assim, quando some alguma criança ela nunca mais é encontrada...

— E como as coisas terminaram com Azzurra?

— Rompemos depois de dois meses. E eu me vi em uma cidade desconhecida, sem conexões...

— Mas aprendeu o italiano perfeitamente. Aliás, seu italiano é realmente como o de uma falante nativa. Não tem por que fazer aulas comigo.

— Eu sei. Me inscrevi pra praticar, só isso. Não conhecia italianos com quem conversar. Quer dizer, antes de você.

— E depois? Em Milão...

— Arranjei trabalho numa clínica pra idosos. Dava banho neles e ajudava a lembrar dos nomes dos netos, quais familiares amavam, quais detestavam. Tinha um grande poder sobre eles e gostava disso. Me dava uma razão pra levantar pela manhã, sabe? Se quisesse, podia colocar eles contra os próprios filhos e coisas assim.

— Espero que não tenha feito isso.

— Que moralista. Eu que sei, se fiz ou não. Não preciso passar pelo seu exame.

— Certo, desculpa.

— De manhã, na hora do banho, as velhas choravam como crianças e os velhos desabotoavam as calças e me diziam coisas sujas. Depois de dois anos na Itália, voltei pra Xangai.

— Em compensação, em dois anos aprendeu a língua melhor que muitos dos meus amigos italianos.

Ela sorriu. Cada sorriso dela me aproximava de um lugar intolerável e eletrizante da minha mente.

— Na verdade, eu já estudava italiano antes de conhecer Azzurra. Comecei por um programa de cozinha que assistia de tarde, quando era menina, sempre que estava triste. Não lembro como se chamava. Tinha um cozinheiro muito simpático, fazia bolos incríveis. Bem coloridos. Atrás dele, tinha um jardim inundado de sol...

Olhei para fora: escuridão e milhares de brilhos tênues nas ruas. Os edifícios, que agora pareciam incômodos e metafísicos, com janelas pouco iluminadas em escritórios desertos, em poucas horas seriam iluminados por vidas industriosas, televisivas, feitas de dinheiro e de informações. Xu seguiu o meu olhar; quem sabe que coisas via? Ela, que crescera naquela cidade, naquela escuridão sem repouso. O prédio do Oriental Pearl Tower se destacava sobre tudo: uma bola vermelha em uma grade de aço com um longo obelisco em cima. Estive lá dentro, em uma noite. Uma das primeiras noites. Estava perdida. A torre parecia um brinquedo e isso tinha me tranquilizado. Entrei e saí por um elevador velocíssimo, os ouvidos chegaram a estalar com a mudança de pressão. Lá em cima, caminhei em um pavimento de vidro e observei do alto as contrações das luzes nas ruas, os faróis dos carros. Tudo tão pequeno, tão irrelevante. Os edifícios afundados no escuro, os shoppings com cores violentas.

Agora já não eram mais três horas, passava das quatro. Depois daquele rápido resumo da sua vida adulta, ela me contou um monte de banalidades. Das suas marcas de carne seca favoritas às suas técnicas para vencer no majiang. Tive a impressão de que a Raposa usava as palavras como papéis de embrulho para envolver outras, mais dolorosas. Eu não conseguia parar de olhar para ela, para o seu corpo incrível. Os olhos líquidos, os ombros perfeitos, a vírgula do umbigo. Algo não encaixava. Ela não estava realmente nua. A nudez é um beco sem saída, um segredo. É como quando crescemos e nos impressionamos que os seios nos brotem do peito como bulbos disformes se erguendo da terra. Mas Xu não se constrangia, não tinha nem imperfeições. Nada a se envergonhar, nada a ser punido.

Ao nascer do sol, depois daquela avalanche de palavras, ela fechou as cortinas para recuperarmos a escuridão, que no momento era a única coisa que pertencia a ambas. Elas eram grossas e escuras e tinham uma estampa irritante, geométrica, parecida com aquelas cercas de plástico que impedem os gatos de se atirarem das varandas. Dei um longo respiro: talvez aquele fosse o momento. Eu nunca tinha feito sexo com uma mulher e não estava segura de que isso pudesse ser útil à minha felicidade, mas esperava muito que sim. Me aproximei dela, que tinha se deitado de lado. Eu tremia um pouco. A silhueta do seu corpo cortava o escuro como montanhas ameaçadoras. Na China, montanhas são lugares sobrenaturais, que existem para serem escaladas, subindo sempre, até que se comece a sentir outras coisas. A ver outras coisas. Os eremitas do monte Tai se enterram vivos em grutas úmidas e estreitas até que a realidade se abra para eles, como um fruto podre despejando a sua polpa. A beijei. Seus lábios eram gelados. O exaustor arranhava o ar em meio ao som lento da saliva e do nosso estalar das línguas.

Ela se afastou de modo brusco. Recomeçou a falar, como se nada tivesse acontecido. Só queria falar, falar, até esgotar alguma coisa, não sei o quê. Falou de folhas de chá, de como é preciso rasgá-las quando estão frágeis como a penugem de um recém-nascido. Falou da sua família. Falou como se fosse uma família de papelão, sem sombras nem introspecção. Pessoas unidas pelo sangue e por um amor rudimentar, reunidas à mesa para as refeições, agrupadas no sofá para assistir televisão. Aniversários, noivados. Algo estava errado. Algo parecia fazer muito esforço para se manter na superfície. Aparelhos nos dentes, aniversário de matrimônio, um coelho cinza que ganhou de presente dos tios. A voz dela se elevava e depois se quebrava, como o mar contra uma encosta. Falou do pai. Do seu cabelo espesso e da sua boca cheia e vermelha, como um botão de rosa. Da sua coleção de estatuetas de Mao Tsé-Tung alinhadas sobre a lareira, em cerâmicas de cores brilhantes. Quando pequena, ela tinha o dever de polir cada uma toda quinta--feira, e cumpria a tarefa com o coração na boca, com medo de derrubar alguma delas. Falou de passeios por toda a parte, passeios longos, que iam até a exaustão, por subúrbios, por paisagens exuberantes que ficavam logo ali, próximas. Pelo vilarejo de Lianhu colhendo flores de lótus, que ela depois deixava ressecar dentro de livros de gramática italiana. Por Pequim, no inverno, sob neve, em uma excursão que, antes de visitar a Praça da Paz Celestial, a levou a um hotel onde teve que assistir uma apresentação de venda promocional de um conjunto de facas. Um homem com rosto chinês e olhos verdes afiava as facas enquanto as descrevia com voz melancólica, como se fossem amantes perdidas, e depois deu uma para cada um dos presentes. Ela guardou a sua faca por toda a adolescência, escondida na gaveta, em meio às calcinhas. Quando se sentia triste ou furiosa, abria a gaveta e a acariciava. Lentamente, sem se ferir, até cair no sono. Tantas vezes encontrou a faca ao seu lado, sob os lençóis, pela manhã. Em suas histórias, faltava a mãe. Dizia "íamos os três", mas não a mencionava nunca. Era uma presença implícita, como o tempo que passa, como o chão que pisamos. Como o ar. Como a poluição. Atrás das cortinas fechadas, havia sol, lá estava o dia, mas nós seguíamos no escuro, encurraladas em uma noite primordial da qual não se pode escapar a não ser com um colossal big bang.

Poderia ter sido mais empática, estimulando que ela me dissesse mais coisas. Poderia ter perguntado algo como "e sua mãe?", motivando ela a escavar mais fundo, mas não consegui suportar que aquela sua fome comunicativa, aquela descarga de informações em que só de vez em quando cintilava alguma emoção verdadeira, tirasse de mim qualquer atenção. Eu queria ser vista. Escutada. Ao menos uma vez na vida. Era repugnante me sentir assim, mas eu não podia fazer nada. Minha carência de amor martelava no meu peito como um cachorro feio chorando diante de uma porta que nunca é aberta.

Voltei ao meu lugar no outro lado da cama. O colchão, duríssimo, pressionava minhas costas. Era tudo frio demais, limpo demais. Era uma cama de hotel, de um lugar onde não vive ninguém.

— Stai bene? — ela perguntou, seguindo com seu italiano perfeito.

Fiz que não com a cabeça. Estiquei o braço para abraçá-la, mas ela se levantou e abriu as cortinas. A luz inundou o quarto. O dia havia recomeçado, agora de verdade. Eram oito horas. Eu devia ir trabalhar. Meu beijo se perdeu na conversa como um botão nas dobras de um sofá.

Do outro lado do vidro, se via os carros e as luzes palpitantes dos semáforos, sem som. Dos barulhos da rua, daqui do alto, não se ouvia nada. Nada além da hélice do exaustor de ar do quarto. Um ruído abafado e arquejante que substituía os verdadeiros sons da vida lá fora. No lugar das buzinas, dos motores e dos rios de vozes, um ofegar abafado e monótono: a existência a partir do alto. À noite, não se escutava o barulho. Só existia Xu e eu. A minha respiração, a sua voz. Agora, o rumor era assim forte porque todas as lojas do trigésimo primeiro andar estavam funcionando. Manicures, recepção, contadores. Pensei em fileiras de unhas fosforescentes. Um parafuso sendo aparafusado. Xu se vestia e não me olhava, e tudo estava de novo no seu lugar, cumprindo suas funções.

Saí do quarto antes dela. Uma mulher com o rosto todo esburacado por cicatrizes de espinhas dormia jogada em uma cadeira de criança, em uma sala de manicure, cercada por imagens publicitárias coladas com durex nas paredes. Olhei à direita e encontrei a recepção de outro hotel, com um homem elegante atrás do balcão, iluminado por um letreiro azul, e depois me virei de novo para a mulher esburacada, imóvel, e então me voltei para a esquerda e, agora assim, essa era a direção certa. Esperei o elevador sentada em um sofá. Em uma tela, garotas iguais cantavam, vestidas de noiva. Peles translúcidas, olhos glaciais, lentes azul cobalto. Cantavam Beethoven em chinês, *Ode à alegria*, apenas mexendo as bocas, olhando para a câmera com confiança inexpressiva, circundadas por paredes cobertas por tecidos de renda cor de creme.

Refiz o caminho que havia percorrido de noite, mas tudo me pareceu diferente. Turistas com câmeras penduradas no pescoço se moviam lentamente no calor, com os rostos contraídos, oprimidos por qualquer coisa. Até os arranha-céus de Pudong eram diferentes de dia. Menos poéticos. Havia um com o formato de abridor de garrafas, que parecia excessivo e grotesco sob o sol ardente, como certas piadas contadas em tom exausto ao final de uma festa. Também o Oriental Pearl Tower, com sua silhueta de desenho animado, de dia se mostrava extravagante demais, comunicativo demais. Peguei a linha dois do metrô de Lujiazui. Estava lotado. Corpos amassados uns contra os outros, em silêncio. Sufocava.

Em frente ao meu hotel, uma mulher de camiseta regata carregava um moribundo em um carrinho de mão. Olhos fechados, rosto turvo, o homem estava deitado de lado e parecia respirar com dificuldade. Ao som de uma musiquinha, a mulher balançava um papel com um código de barras impresso, através do qual se podia fazer doações em dinheiro usando o celular. De vez em quando, ela movimentava a mão no ar como se seguisse o ritmo da música. Passei o dia tentando corrigir exercícios de aula, sem conseguir me concentrar. Naquela noite, não consegui dormir.

8.
PEDAÇOS DE PULMÃO

Acordei atordoada, ao meio-dia. Luz demais por todo o lado. Nenhum jornal, porque era domingo. Sem o jornal, não tive vontade de levantar da cama. Não por causa das notícias, mas porque gostava que o jornal viesse até o meu quarto, como alguém que me procura e não me esquece. Peguei a foto emoldurada que eu mantinha sobre a cômoda. Ruben e eu em um bosque na Toscana. Pena que o vidro do porta-retratos tenha rachado durante a viagem, mesmo depois de eu tê-lo envolvido em um lenço, dentro de um chapéu de lã na mala. Mesmo tendo sido o objeto que mais tentei proteger. A rachadura estava bem no meio, entre eu e ele, sutil como uma lágrima, se esticando obstinadamente até o seu rosto. Aquela foto era a primeira coisa que eu via ao acordar e a última antes de dormir. Às vezes, olhar para ela era lindo e, outras vezes, me cansava. Chequei o celular: nenhuma mensagem de Xu.

— Ruben, faça com que Xu me escreva uma mensagem — falei para a fotografia, encarando a imagem do meu irmão até que as copas das árvores ao redor se transformassem em uma mancha, um verde paranoico, e o seu rosto desfocasse.

Lembrei que "bosque" e "cemitério", em chinês, se dizem do mesmo modo. Lembrar palavras chinesas tinha mais a ver com o meu irmão do que com a minha vida atual na China. Passei as horas seguintes assistindo pedaços de séries asiáticas e comendo doces em forma de dinossauro. Depois de poucas palavras pronunciadas por qualquer personagem, me distraía, recapitulando aquela noite na minha cabeça. Da conversa na Poxx até o beijo. O beijo foi um erro. Tinha eliminado nossa distância. Nossa distância era um lugar seguro. Às cinco da tarde, o telefone vibrou. Mensagem no WeChat, único aplicativo usado pelos chineses, onde se faz de tudo: se conversa, se compra, se demonstra a própria identidade. Era Xu. Fiquei com o coração na boca enquanto lia: *Jantamos juntas. Te espero daqui a uma hora na saída número cinco do metrô da People's Square.*

Peguei o metrô até a estação People's Square. Era gigantesca, tentacular. A percorri ao longo e ao largo, em meio à multidão, imersa em sua luz resplandecente e acastanhada, como uma caixa de bombons iluminada, mas não encontrei a saída número cinco. As indicações eram enlouquecedoras. *Saída 1-14*, dizia uma placa, mas, após uma série de lojas de bolsas e vestidos, se passava da quatro à oito. Senti minha cabeça doendo e comecei a ficar ansiosa. Depois de três voltas inúteis, nas quais retornava sempre ao mesmo lugar de onde parti, os números perderam seus significados. Saí para a praça, irritada, e olhei ao redor.

Enfim a vi, perto de uma fonte, sentada em uma escada de mármore cheia de coelhos ornamentais de silicone. Ela se levantou e fez um pequeno aceno com a mão.

Estava vestida em couro sintético e usava um lenço ao pescoço, tipo voal. Toda de preto, as pernas magras como pregos, enroladas em meias arrastão. No pulso, uma pulseira de jade lascada brilhava ao sol. Sorriu e me disse "ni hao". É fantástica, a saudação chinesa. Afirmar "você está bem" para dar confirmação ao outro não apenas da sua presença, mas também da sua adequação. Você está bem, vai bem: o ideograma é um menino com a mãe. A mãe, porém, tem as costas curvadas de maneira não natural; ela está a serviço do menino, o seu amor se assemelha a uma penitência.

Caminhamos sob céu límpido, quase transparente. Ela falava de um novo lugar na cidade. Estava diferente, menos espinhosa, mais gentil e atenta, como se a Xu da outra noite fosse a verdadeira e a de agora fosse uma Xu contada por alguém que a amasse. Caminhamos lado a lado, sorridentes. Tudo parecia lindo. Me sentia tonta de serenidade, como se alguma coisa dentro de mim, que balançava há muito tempo, finalmente assentasse.

A segui pelo subsolo de um centro comercial, onde havia restaurantes de todos os tipos. Ela escolheu um tradicional e fez o pedido por nós duas em uma grande tela junto à porta, pressionando fotos brilhosas de pratos intrincados e espalhafatosos. Comemos bambu frito, gelatina de flores, gelatina de ovo, cogumelos tibetanos, uma mistura de raízes, alface com maionese, brócolis com creme. As louças eram de cerâmica, em forma de dragões. Não gostei de nada, mas continuava comendo e olhando para ela comendo. Obediente. Uma mordida após a outra. Consumir a comida que ela havia escolhido era uma forma de fidelidade que eu não tinha previsto e que me vinha naturalmente.

A comida continuava a chegar. Raviólis fumegantes para serem mergulhados em vinagre. Salada de frutas quente, à Macedônia. Carne de porco regada em um molho semelhante a um esmalte vitroso. Eu já sabia que, para os chineses, pedir mais comida do que o necessário é o único modo de mostrar gentileza. Sobrecarregar o outro com uma infinita promessa de nutrição. Uma forma desajeitada e bulímica de amor. Era algo que eu podia entender. Respirava fundo e voltava a mastigar.

Me perguntei o que Ruben teria pensado. De quais pratos teria gostado, saboreando devagar, pensando em como reproduzi-los. As tardes nas quais ele assava bolos eram as que nos deixavam mais próximos. Recordar aquelas horas, o perfume de açúcar caramelado e o recheio quente que derretia na língua, seu olhar enquanto aguardava o meu julgamento, me deu uma pontada no peito. Estava satisfeita.

A última rodada foi um prato de carne escura salpicada de minúsculos triângulos verdes.

— Coma.

— Não consigo mais. Sério.

— Besteira. Você tem que provar. É fuqi feipian.

— Então... pedaços de pulmão de marido e mulher?

Ela riu.

— Brava! Seu chinês está melhorando. Sim, sim, se chama assim, é um nome nojento. Se refere ao casal que inventou o prato, cozinhando juntos todos os dias. Cortar a carne era a coisa que mais os unia.

— E o que tem dentro?

— Coração de boi, língua, tripas e muita pimenta, o suficiente pra anestesiar a boca.

— Não sei. Me assusta. Nunca comi órgãos internos.

— Sempre dramática, meu Deus. Se concentre no gosto. O coração dá pra reconhecer de cara, tem um sabor mais triste, mais intenso.

Xu apontou para um espeto escuro, com uma carne que parecia contraída, venosa, com rugas e cavidades. Ergui o palito, fechei os olhos e levei o coração à boca.

O restaurante foi esvaziando aos poucos. Alguém limpava uma parede ao fundo. Falamos dos filmes de Zhang Yimou e sobre Gong Li quando criança, com tranças e rosto redondo, percorrendo estradas de terra em uma China do passado. Eu acompanhava cada palavra com um interesse intenso, doloroso.

— Você é bonita, professorinha.

— Não, tenho um rosto comum.

— Exato. É bonito, ser comum. A mim, eles não dão permissão.

— Quem?

— Eles.

— Eles quem?

Ela fez um aceno nervoso à garçonete, pedindo a conta. Depois, me olhou com uma expressão que continha muitas coisas. Algumas me pareciam similares ao desprezo, mas eu talvez ainda fosse analfabeta no seu rosto.

— Você faz perguntas demais. Como se quisesse abrir minha cabeça e se guardar dentro.

— Não, eu...

— Respeite o meu tempo.

— Desculpa, só quis conversar...

— Isso não é desculpa. Você deve se comportar bem, entendeu?

Concordei.

Senti, no seu raciocínio, que algo derrapava: uma falha no percurso dos seus pensamentos, como um carro de corrida que, de vez em quando, passa sobre um buraco.

— Você nunca se sente sozinha, Xu?

— Claro, como todo mundo.

— Alguns mais do que outros.

— Você está suja. Perto do lábio. Vou te alcançar um espelhinho.

Tirou da bolsa um espelho de plástico da Hello Kitty e me passou. Me limpei atentamente, dando olhadelas para ela. Tinha um crânio perfeito, do tipo que poderia ser exposto em um museu. Imaginei-o dentro de uma caixa de vidro, com uma plaquinha de explicação no canto. Me imaginei tocando o vidro, mantendo respeito por aquela distância. Eu nunca havia pensado nos ossos de ninguém, mas os de Xu eram extremamente proporcionais. Maçãs do rosto salientes, cabeça pequena, queixo sutil. Olhando para aqueles ossos, as coisas que ela dizia me pareciam menos insensatas: seu corpo compensava os deslizes do pensamento.

— Termine o saquê. Vou te levar pra minha casa.

Não me importava se a mente de Xu era um carro de corrida que afundava de repente em uma fossa. Não me importava se estava fora de si, fora de controle. Eu queria ser o asfalto acidentado em que aquele carro derraparia. Queria ser a fossa, a desagradável irregularidade, a rachadura que interrompe o movimento perfeito da roda. Queria me tornar seu pensamento fixo irritante. Mantê-la acordada à noite, de olhos esbugalhados. Preencher a sua mente como um airbag que se infla ao impacto. Mas sabia que isso não aconteceria. Não aconteceria nunca. Eu não podia me tornar o pensamento fixo de ninguém.

É um talento. Um talento que não tenho. Ruben fazia qualquer pessoa se apaixonar por ele sem sequer tentar. Acontecia. Era um efeito mecânico da sua perfeição. Emanava beleza, segurança, alguma coisa de confiável e leve. Rasgava corações como quem arranca ervas daninhas em um jardim. Eu era aquela que passava sem ser vista. Uma versão genérica de Ruben, uma derivação, um xerox desbotado. Era aquela que, aos doze, treze, quatorze,

quinze anos, telefonava às namoradas dele, bem adestrada. Em tom estudadamente pesaroso, repetia a fórmula decorada:
— Desculpa, meu irmão não quer mais te ver.

9.
DENTES

Saindo do metrô, percorremos um quilômetro de ruas idênticas, repletas de lojas de conveniências. Letreiros de luzes esverdeadas, portas automáticas que se abriam, revelando prateleiras luminosíssimas. Passamos pela Universidade Fudan e entramos em um edifício austero. Sexto andar de trinta e nove. Das grandes janelas, era possível ver Wujiaochang, o cruzamento em forma de ovo alienígena que circunda shoppings sempre abertos. Eram dezessete horas e o ovo estava iluminado por veias azuis transversais, que se moviam neuroticamente.

O apartamento era pequeno, apesar das janelas desproporcionais, e me pareceu familiar. A mesa de plástico, a cozinha clara, as luminárias metálicas. Talvez me parecesse familiar porque era todo feito de móveis simples e comuns, sem características particulares, e que lembravam a mobília da sala de espera de um médico, escolhida para não despertar emoções destrutivas como o pânico.

Me perguntei quantas garotas estiveram ali, depois de subirem no elevador apertando a mão fria de Xu, quantas foram parar naquele apartamento, se sentindo em casa apenas porque era uma casa igual a tantas outras, tranquilizadas somente por uma combinação de materiais e cores que absorvem todos os maus presságios.

— Você já teve muitas namoradas?

— *Namoradas* — Xu repetiu, rindo, como se fosse o título de um desenho animado. — Como você é boba, assim tão sentimental.

Me senti queimando de vergonha. Talvez devesse ter dito em inglês: girlfriend. Significa tanto o fidanzata italiano que havia acabado de ridiculamente dizer, termo que transforma qualquer relacionamento amoroso em noivado, quanto apenas "amiga". Uma palavra segura, com uma ambiguidade que protege de desilusões. Também em chinês, nupengyou, serve tanto para "namorada" quanto para "amiga". Entre as línguas que eu e Xu tínhamos em comum, só o italiano descrevia isso de "estar junto" com uma palavra tão íntima e irrefutável, pegajosa como mãos entrelaçadas sob os lençóis: uma palavra que deriva de fiducia, confiança.

A segui pelo corredor estreito e cinza. Em uma das paredes, estava pendurada uma reprodução do *Retrato*, de Edmond Belamy, primeira pintura feita por uma inteligência artificial. Um pastor de igreja, com partes do rosto borradas, como se estivessem faltando. Além do pôster, também vi dois pregos que não penduravam nada, robustos, e que haviam rachado excessivamente a parede.

No quarto, ela acendeu um abajur. Apertei os olhos para ver melhor os objetos: montes de maquiagem, pacotes de batatas chips, um travesseiro em formato de cupcake, revistas amassadas e espalhadas pelo chão. Estava uma escuridão tensa e cheia de apreensão, como o quarto de uma criança doente com as cortinas fechadas.

— Posso abrir a janela?

— Por quê? Quer que eu diminua a temperatura do ar-condicionado?

— Pra tirar o cheiro de lugar fechado.

— Não dá pra abrir. Tem muita poluição lá fora.

Enquanto habituava os olhos à escuridão, comecei a reparar na comida. Salgadinhos abertos, largados pelo chão. Copos de sucos de fruta. Uma maçã comida pela metade, apodrecida, junto ao encosto de uma poltrona rasgada. Massa lámen encaracolada sobre o teclado do computador. Lichia cintilante, ainda fresca, misturada com colares de plástico em um porta-joias.

— Xu, quer ajuda pra arrumar tudo?

— Arrumar o quê?

Me olhava perplexa. Tirava os sapatos.

— A comida. Jogar fora.

— Você não entende. Preciso dela. Preciso dela assim, à disposição.

Agora via tudo. As bananas amarronzadas penduradas em um prego, na parede à direita. A escrivaninha repleta de lanches embrulhados e de colherinhas sujas. Talos de aipo empilhados sobre um livro. Pirulitos espalhafatosos como placas refletivas em autoestradas. Coxas de frango em uma tigela transparente. Garrafas de licor de ameixa e potes de biscoitos. Um bolo fofo, rosa pálido, se desmanchando por causa do calor. Antes mesmo de perguntar a mim mesma qual era o propósito daquilo, daquele acúmulo de comida, de deixar ela apodrecer sem intervir, me perguntei de que modo Ruben teria sido capaz de salvar alguns daqueles alimentos para preparar um prato extraordinário para mim. Um doce estranho e picante, uma revelação. Um refogado complicado e indecifrável. Mas Ruben não existia mais, e as comidas de todo o mundo estavam estragando, se contorcendo e escurecendo até perderem a forma e o sabor. Comecei a tirar a roupa, ansiosa, enquanto Xu também tirava a dela.

— O que você está olhando? — ela questionou, com voz dura.

— Nada. A comida.

— Não pense que comi tudo. Só me fazem companhia.

— Não pensei isso. Pensei que não é higiênico, que...

— Escuta. Eu como e depois vomito um pouco. Ser bonita é importante pra mim, é tudo o que eu tenho. Então, não se preocupe.

— Não, você não está entendendo, eu me preocupei com a higiene, com o fato de que...

— Você se preocupa demais. Devia ficar quieta um pouco. Não me julgar.

— Não estou te julgando, você que não me escuta...

— Quieta.

As roupas caíram no chão, como cascas, em meio aos invólucros de plástico e aos canudinhos, às framboesas acumuladas no tapete. Enquanto tirava a roupa, ela se apoiou em mim.

Olhei para o espelho. Um espelho moderno, com tiras de doces vermelhos pendurados em volta dele. Vi minha barriga refletida e pensei que, na boca de Xu, ela teria a consistência de um doce químico e pegajoso, de uma doçura previsível e industrial, como os lanchinhos italianos dos anos 90. Era um pensamento estranho, novo, um pensamento originado do abraço murcho daqueles pedaços de comida que havia ao redor. Imaginei Xu vomitando tudo, e também imaginei ficar para sempre dentro dela, não digerida, protegida. Ri alto enquanto Xu chegava mais

perto. Uma risada libertadora e estrondosa. Ela pegou um biscoito do pote sobre a mesa de cabeceira e o colocou na boca. Me encarou, os lábios cheios de migalhas, e ordenou:
— Deite.

Desabei na cama e ela tirou meu sutiã, única peça de roupa que eu ainda vestia. Com a cabeça pairando sobre mim, examinou meu corpo.

— Me come — eu disse. Foi meu o primeiro pensamento daquele tipo. Fui eu quem primeiro pensou no meu corpo como um fruto descerebrado. Me come: me faz tua, me faz desaparecer. Algo aconteceu. Algo em mim afrouxou a ponto de descobrir uma polpa desconhecida dentro da minha mente. Xu agarrou meus peitos e mordeu um dos mamilos. Era só uma metáfora? A minha frase, digo. Era a última metáfora da nossa relação? Ainda tento entender, mas entender é um exercício de frieza. Entender é o contrário da fome. É o contrário do desejo. Xu me mordeu de novo. Uma linha de sangue escuro, quente como chocolate derretido, desceu até o umbigo.

— Vai pra lá — me disse, apontando para o parapeito da janela. Abriu as cortinas. O azul do ovo lá fora inundou o quarto. Uma convulsão de luzes oscilantes, agressivas. Vi outras comidas. Tiras de carne seca amarronzadas, embrulhadas em um celofane largado no chão. Um ovo cozido coberto por uma penugem e por pó, em um canto. Vi a rua pela qual chegamos até ali, do outro lado da janela. O cimento escuro e os pequenos supermercados. Era agora a rua de uma outra cidade. Me inclinei para trás, o vidro contra os ossos das minhas costas. Podia sentir os raios azuis, instáveis, em minhas bochechas e sobre os olhos. Ela começou a me morder de novo. Não eram mordidas afetuosas nem apaixonadas. Eram frias, exatas, como um cirurgião que devesse remover qualquer coisa específica da minha carne. Seus dentes soltaram meus seios e foram descendo pelo meu corpo, se demorando em minhas partes mais macias, benevolentes.

    Foi quando vi as fotos. Fotos por todos os lados, pregadas pelas paredes. Fotos de garotas. De bicicleta ou à beira de um rio. Sobre um leito rosa, deitadas em um gramado. Todas bonitas e despenteadas, ligeiramente melancólicas, como se imortalizadas em meio a um pensamento feliz, mas cansativo. Todas sorridentes. Quanto mais as olhava, mais eu me aproximava do orgasmo, mais seus rostos pareciam fazer caretas de ansiedade. Então, vi a pulseira. Três daquelas garotas tinham a pulseira de jade que Xu sempre usava. Claro, era uma pulseira comum, o típico círculo de jade transparente, já tinha visto outras, mais ou menos iguais, em vitrines de joalherias, mas as das fotos estavam todas lascadas exatamente no mesmo lugar. Ela tinha ido para a cama com aquelas garotas também? Ela estava me mostrando suas outras amantes, os outros corpos que havia invadido e mordido, corpos dóceis como o meu, corpos de estimação? Queria que eu soubesse que não sou a única? Como nos escolhia? Pela maciez da carne, pela tristeza no olhar? Ela sorriu, apertando os olhos, fingindo uma emoção. Uma linha de sangue escorreu, como uma lágrima, do meu mamilo até minha vagina. Estava quase perguntando quem eram aquelas garotas que flutuavam no escuro e entre sobras de comida, seráficas e frágeis, como cordeiros enviados ao sacrifício. Estava quase gozando. A escuridão vibrou ao redor de nós duas, como se alguma coisa muito calma e cruel — qualquer coisa que sabe tudo e quer esmagar tudo — estivesse nos prendendo.

10. ESTÔMAGO

Nos dias seguintes, me senti muito bem. Me inquietava um pouco que fosse assim — que meu bem-estar fosse resultado da ação dos dentes de Xu, da sua saliva —, mas isso não era tão importante. O importante era que eu estava bem. Bem assim, de um jeito incrível. Depois de meses. Talvez depois de anos. Estava desacostumada. Os pensamentos sobre suas outras amantes se apagaram. Elas não eram relevantes. Agora Xu, por razões misteriosas, tinha me escolhido. Só havia eu. À noite, eu não dormia, de tão excitada, e de dia, na escola, dava ótimas aulas. Era uma alegria física, absoluta. Uma nuvem de calor e passividade que ia da vulva até a cabeça, a alegria louca e melancólica de ser uma refeição de Xu. Estaria me sentindo assim tão bem se ela não tivesse me mordido, se nossos corpos tivessem se encontrado de maneira pacífica, neutra? Impossível saber. Perguntava essas coisas a Ruben, à sua foto rachada, e esperava uma resposta.

Conforme eu era feliz, também era mais gentil com meus alunos. Conforme era mais gentil com meus alunos, eles me amavam mais. Conforme eles me amavam mais, eu me esforçava para amar mais a mim mesma. Caminhava sozinha pela Nanjing Road, sorridente, em um sábado de manhã: a solidão, que antes era perigosa, se transformou em um espaço para a imaginação. Comprava suéteres feitos à mão no sétimo andar do centro comercial de Jing'an, para quando o frio chegasse. Sob as árvores de uma pracinha, escutava as músicas lúgubres dos artistas de rua. Me borrifava com perfume com aroma de íris todas as manhãs e recebia massagens no Crystal às seis. Comprava lingeries com desenhos ridículos de sorvetes e unicórnios: a euforia estava modificando a minha personalidade de modos inesperados. De tarde, esperava que a tela do meu telefone se acendesse com palavras de Xu como os prisioneiros esperam a primeira luz do sol surgir entre as grades.

Durante o dia, nos víamos pouco. Ela mudou de turma para não gerar complicações; assim, me acostumei a vê-la apenas de passagem, entre uma aula e outra. Uma cabeça preta no pátio, de costas, luminosa sob o sol escaldante, em meio aos outros, em meio a uma conversa da qual me aproximava com o coração na boca, até que o rosto se voltasse para mim, revelando um nariz diferente do dela, olhos diferentes dos dela: outra garota. Eu levava sempre alguns instantes para entender que não era ela, que ela não podia aparecer do nada só porque eu queria vê-la. Choveu durante dias, uma chuva pesada e suja, empoeirada.

Ao pôr do sol, íamos a vários lugares. Ao museu da caixinha de música, deserto, só para nós. Ao mercado de pérolas, que pareciam dentes, comercializadas clandestinamente em meio a pares de tênis Converse falsificados e bolsas coloridas. Depois, caminhávamos por horas pela Duolun Road, a elegante rua dos escritores dos anos 20, hoje transformados em estátuas de bronze sentadas em poltronas de bronze, uma de frente para a outra, como se estivessem em uma conversa vinda do além. Duas garotas trans, esplêndidas em roupas tradicionais de seda rosa, posavam para fotos enquanto anoitecia, suas peles cor de âmbar radiantes diante de uma casa de tijolos. Eufóricas, retornamos ao Bund, a via à beira-rio de onde se pode admirar os arranha-céus de Pudong e tirar fotos cafonas ao custo de algumas dezenas de yuan: ela me apertando junto de si como se me amasse de verdade, eu olhando através do visor da câmera e sorrindo com timidez e nervosismo. Na rua com restaurantes de todo o mundo, bebemos cerveja no pub inglês e depois comemos tartarugas no restaurante chinês. Às vezes eu me sentia tonta: paisagem demais, estímulos visuais demais. Uma invasão de elementos urbanísticos conflitantes. Ao contrário das cidades ocidentais, que se mostram com uma coerência relaxante, Xangai avança como um sonho de imagens sobrepostas. Quando a gente acorda, quando volta a si, as têmporas latejam como um alarme.

Fui ao banheiro do restaurante, mas os banheiros eram à la turca, com a louça do vaso sanitário no nível do piso. Aquele buraco no chão me repugnava. A ideia de abrir as pernas e ver descer o córrego da minha própria urina. Decidi segurar a vontade. Da última vez, havia visto descer fragmentos de pimenta; não achava que fosse possível que estivessem no xixi. Era de novo sexta-feira, ainda chovia, eu estava exausta. A tartaruga tinha um sabor acre. Persistente na língua e na garganta. O sabor de um ser que vivia no conforto de uma casca da qual foi arrancado para ser devorado. Ruben nunca teria comido uma. Eu nunca teria comido. Tivemos uma tartaruga, por um tempo, aos cinco anos. Às vezes, ela dormia com a cabeça e as patas fora da casca, descansada, na grama, como se confiasse plenamente no seu destino. Se alguém esticasse um dedo, a cabeça dela saía para ser acariciada. Me veio um instante de maldade, um lampejo: pensei nas amantes de Xu das fotos, ela fodendo com uma delas ao acaso. Na pulseira de jade tilintando contra a cabeceira da cama, no pulso de uma garota nua qualquer, durante uma trepada, como dentes tremendo por causa do frio. Pensei nisso e espetei a tartaruga no meu prato, imersa em um molho escuro. Era o reflexo de um pensamento, a sombra doentia de um temor. Mastiguei. Engoli. Eu não queria. Sua inocência me queimava no esôfago.

Depois do jantar, fomos a um lugar qualquer para dançar. Eu já estava meio bêbada e assimilava pouco daquilo que via. Os chineses dançavam rígidos, sem se tocarem, sob luzes estroboscópicas. A música dance chinesa era ingênua, algo repelente, mas com ternura, como encontrar nossos dentes de leite da infância apodrecidos em uma gaveta. Na volta, dentro do táxi, notei algo que se movia na cabeça do taxista, rastejando entre seus cabelos ralos e grisalhos. Um pequeno verme branco. Sacudi Xu, que estava dormindo, e perguntei a ela se eu estava vendo bem. Concordou com a cabeça e voltou a fechar os olhos. A cidade, através do vidro, estava imersa na tempestade e nas luzes estelares dos cassinos.

11.
DEDOS

O corpo é uma exceção. A matéria se agrega mais facilmente em compostos vegetais. 99% da matéria terrestre é constituída de plantas. Matéria muda. Só uma anomalia nos torna carne e voz: uma contradição incômoda em um planeta de vida imóvel. Uma organicidade que grita, se alegra, sente desejo, tem medo de morrer.

Trepávamos no banheiro do cinema 3D.

Trepávamos em motéis.

Trepávamos na sua casa sob os raios de luz do ovo alienígena, depois de ter comido take away de três restaurantes diferentes.

Trepávamos com a barriga cheia e com o sono dos carboidratos e com o chão repleto de pacotes descartáveis e de palitinhos usados e de pacotinhos de molho shoyu.

Aprender a conhecer o corpo dela e o meu ao mesmo tempo era uma experiência desestabilizadora e estimulante.

Até então, eu só havia dado à minha carne a consideração que se dá a uma casa econômica, que se aluga por um breve período. Agora, de repente, era diferente. As mãos de Xu me mediam. Me sondavam. Como um produto ao final de uma linha de montagem, avaliado antes de ser entregue ao mundo. Havia qualquer coisa de terno nisso. Qualquer coisa que me comovia.

No seu quarto, fazia calor, depois frio, depois o tempo escorregava entre os dedos. Ela me beijava até me deixar sem ar. Respirar não me servia mais para nada. Não sentia mais nada pelo mundo: os poucos sentimentos que me restavam eu estava enterrando dentro de Xu. Às seis, fomos ao restaurante de huo guo, no andar de baixo. Chovia fraco. Uma sentou de frente para a outra em uma grande mesa preta, onde pinçávamos nacos reluzentes de carne crua e os deixávamos cair no caldeirão cheio de caldo picante. Mais tarde, no parapeito da janela, eu estava bêbada e feliz, com meus dedos dentro dela e os olhos fechados. Me intrigava essa ideia de um amor estéril, do qual nenhum nível de paixão poderia trazer à tona uma nova vida. Era uma ideia poética. Corpos que se unem por puro amor, sem a ideia inconsciente da procriação, são corpos poéticos.

Era lindo quando ela levantava minha camiseta e escolhia a carne mais macia do meu abdômen. Eu, que até então me sentia pouco atraente, a oferecia com um misto de gratidão e vergonha. Xu dizia que gostava de mim, eu respondia que gostava dela também. E era isso, sem romantismos televisivos, no máximo palavras que só iam até o ponto em que se aguentassem sem se esfarelarem como biscoitos, como acontecia, por exemplo, quando ela perguntava sobre o meu irmão ou quando eu voltava para a minha suíte e ela desligava o telefone dela por dois dias e eu passava a comer sozinha, na cama, no escuro, até de manhã. Oreo e Kit Kat, biscoitos de canela. Os farelos duros sobre as pernas e debaixo da bunda, grudados nas mãos, por todo o lençol. Conferia o telefone repetidamente, às vezes mandava um coração no aplicativo de mensagens, como tentativa extrema, e esperava com a respiração suspensa. Me perguntava quantos outros corações, naquele momento, eram lançados no chat como iscas em alto-mar durante uma tempestade. Quantos outros corações ficariam sem resposta, sem receber atenção. O coração, esse pequeno símbolo pontudo com duas corcovas em cima, é o ideograma mais usado no planeta Terra. Desenhamos desde pequenos, satisfeitos com o quão fácil é para delineá-lo. O replicamos em cartões de felicitações e em etiquetas de instruções de desfibriladores, em bijuterias bregas que penduramos no pescoço ou em fitas que amarramos no pulso de recém-nascidos. A forma deriva das sementes de sílfio, uma planta hoje extinta que os romanos engoliam como contraceptivo. Segundo a lenda, as primeiras sementes brotaram na costa da Líbia, há dois milênios e meio, após uma chuva negra.

Às seis da tarde de uma quarta-feira, enquanto eu estava no metrô, voltando do supermercado, chegou uma mensagem dela em chinês. Imediatamente abri o aplicativo tradutor, com o coração a mil. Dizia: "Eu também". Procurei, em nossa última troca de mensagens, algo que se relacionasse com essa resposta, qualquer coisa que tivesse ficado pendente, mas não havia nada. Era tudo conclusivo. Nas nossas conversas escritas, não havia pontos em aberto. Xu tinha apenas se enganado de destinatário. Uma outra pessoa, em algum lugar de Xangai, estava aguardando o complemento da sua conversa suspensa com Xu. Era uma coisa pequena, mas teve sobre mim um efeito deprimente. Não desembarquei na parada certa, fiquei dentro do metrô por mais uma hora, incapaz de me mover. Tinha ao meu redor garotas alegres, vestidas com roupas de poliéster, que replicavam grosseiramente trajes da era Qing. Bijuterias cintilantes, presilhas de flores nos cabelos. Desci e entrei em outro metrô ao acaso. Meu senso de orientação e meu pensamento lógico haviam sido substituídos por uma corrente obscura que varria espaços e intenções. No segundo metrô, fazia muito calor. O vagão estava lotado de garotinhas de uniforme que voltavam da escola. Riam juntas, diante dos seus celulares rosas. Para elas, era uma quarta-feira como qualquer outra.

Desci vinte paradas adiante, em um lugar chamado Songjiang, um subúrbio com ruas largas e pobres. Caminhei em meio às pessoas, sob antigos portais vermelhos encravados entre prédios enormes, estilo anos 70, e cheguei a um templo taoísta. Em pequenos recintos, várias estátuas de deuses com caras bovinas. Animais com narinas largas e olhares cruéis. Um tinha a língua tão longa que lambiscava o chão. Havia muito silêncio e cheiro de cinzas. Me deram um incenso, mas, quando tentei enfiar no lugar apropriado para rezar, ele se quebrou em duas partes, e o garoto da recepção gritou comigo. Fui embora, de cabeça baixa. Atrás de uma cerca vermelha e amarela, no pátio, uma cabra chorava, deitada nos seus excrementos.

Dois dias depois, Xu me levou a um fake market, um mercado de imitações. Descemos do metrô na parada do Museu de Ciências e Tecnologia e passamos horas no seu subsolo, entre as bancas de bolsas Gucci e Chanel falsificadas, dando risadas. Depois, saímos pela rua arejada atrás do museu, repleta de cercas vivas bem podadas e arranha-céus cor de veneno. Ao fundo, estava o Century Park. Atravessamos correndo, antes que fechasse, vendo os barcos ao longe e a linha dentada de edifícios à distância. Durante a corrida, agarrei a sua mão, por instinto, e ela apertou a minha com firmeza. Quando eu estava junto dela, tudo parecia excitante e sem sentido, como se não fosse a vida real, mas um filme medíocre e convincente. Um blockbuster, com luzes perfeitas e diálogos ruins: um filme que te prende e, então, termina mal.

Nos sentamos exaustas em um banco. Diante de nós, passou uma família com de carrinhos de bebê, crianças, balões. Gritavam, riam alto. Lá longe, alguém cantava a Ópera de Pequim, e outra pessoa tocava flauta. Nos parques chineses, se via uma alegria exagerada, polifônica, que me parecia uma compensação por séculos de fome e medo.

Me aproximei de Xu para beijá-la, mas ela se afastou.

— Não é o momento.

— É porque estamos em um lugar público?

— Não, bobinha. Nada a ver. Se quiser, tiro toda a roupa pra te mostrar que não me importa o que os outros pensam.

— Eu sei disso. Só estou perguntando o porquê.

— Porque sou eu quem decide quando devemos nos aproximar e quando devemos nos afastar. É tudo calculado.

Baixei o olhar e não disse mais nada.

Xu acariciou minha bochecha. A palma da sua mão me tocou de forma rígida e imperiosa, semelhante a uma carícia que se faz em um cachorro para recompensá-lo por ter ficado no seu lugar.

Naquela noite, enquanto escovava os dentes, cheirei meu braço e descobri que o odor da minha pele havia mudado. Agora eu tinha um cheiro sombrio, profundo, como o de um poço onde a luz não chega. No último mês, andei comendo, além das habituais raízes cinzentas e dos tubérculos macerados em molhos fortes, patas de bichos, desidratadas e contraídas de dor, em excesso. Estômagos abertos, fígados com sabores terrosos. Pequenos cérebros não identificados. Por um mês inteiro, ingeri o interior de corpos. Tomei um longo banho, esperando que os batimentos cardíacos desacelerassem. Caí adormecida na cama, com o rosto espremido no travesseiro. Em um sonho, havia muito vento e alguém me dizia:

— Desculpe, seu irmão não quer mais te ver.

12.
NUCA

Começamos a frequentar a Poxx todas as noites. Era o lugar preferido de Xu desde quando era menina e matava aula. Naquele tempo, o local abria também pela manhã e tinha uma salinha nos fundos com jogos de computador, onde se bebia leite de soja em garrafinhas de vidro. As tampas não tinham prazos de validade, você bebia até o sabor te forçar a cuspir no chão. Na primeira noite, Xu me apresentou suas amigas. Elas estariam sempre com nós duas naquele lugar. Com ela. Como sombras afetadas, pedantes. Odiei todas à primeira vista. Os cabelos recém-saídos do cabeleireiro, as nucas perfumadas de jasmim. Não era ciúme, era qualquer coisa ainda mais primitiva. A competição inata entre animais na selva, onde todos são inimigos potenciais.

Algumas eram minhas alunas, mas, quando entrávamos na Poxx, a hierarquia da nossa relação era eliminada. Éramos todas indefesas naquele lugar ocidental, na presença de Xu; éramos meros apêndices do seu olhar. Eu não olhava nenhuma das garotas nos olhos. Esquecia pontualmente os seus nomes — até mesmo porque aqueles nomes que me diziam eram de mentira, em inglês, destinados a quem nunca vai conhecê-las de verdade. Todo chinês tem ao menos dois nomes: um verdadeiro, íntimo, só para outros chineses e para amantes, e um ocidental, exterior, para se pavonear com todos os outros.

Havia Kelly, escultural, com mechas de cabelo cor amarelo-semáforo que desciam até a bunda. Kelly também se chamava Biyu: seu nome verdadeiro, que consegui captar de alguma conversa paralela. Biyu também se chamava Angélie no curso de francês. Nenhuma delas me tinha como inimiga, porque portavam consigo muitos nomes e muitas possibilidades — portanto, mais chances de se tornarem objetos do amor de Xu. E Xu as observava com curiosidade e afeto, como uma mãe austera, mas tolerante a tudo. Uma mamãe atraente, com ar distante, mas disposta a se distrair um pouco de si mesma para conceder a honra de te escutar. Contemporânea delas, ainda que desconectada de conceitos de idade, de registros, das limitações inerentes a haver nascido em um momento preciso da história. Resolvia problemas de relacionamentos, declamava Dante e palavrões em italiano, dominava receitas chinesas complicadas. Ria com os dentes cerrados, segurando um cálice manchado de batom vermelho-escuro. Elas a olhavam com admiração e desejo. Ansiavam por expor seus probleminhas existenciais. Crushes, notas ruins, brigas com os pais. Ansiavam por serem compreendidas. E ela as compreendia profundamente, mas não queria ser compreendida por ninguém. A ela, só importava ser incompreensível. Talvez pensasse que, se alguém começasse a entendê-la, também seria capaz de fazê-la sofrer. Somente ela devia compreender, somente ela devia fazer sofrer.

Eu bebia sempre afastada, no balcão, enquanto elas matraqueavam sabe-se lá que coisas em chinês, falando rápido demais. Eu não entendia nada. Quando minha mente embaçava, ia embora sem me despedir. Isso costumava levar ao menos quatro doses de saquê — reajo bem ao álcool, tão bem que as amigas de Xu, do alto dos seus organismos privados de enzimas para digerir o etanol, diziam, aos risos: "É uma caminhoneira". Quando Xu me via ir embora, com o rabo de olho, em meio a uma gargalhada vulgar ou enquanto escutava alguém, sob as luzes azuladas daquele lugar cafona, me lançava um olhar distraído e nunca acenava ou pedia que eu ficasse.

As minhas voltas para casa, saindo da Poxx, eram como viagens nauseantes dentro de mim mesma. Bêbada, era fácil confundir qualquer chinesa com cabelos curtos e loiros, de costas, com a cabeça e a nuca do meu irmão. Confundir as mãos delas segurando seus celulares com os dedos brancos e finos dele, assim como vivia confundindo chinesas ao acaso com Xu, apesar de, nesses momentos, ela ainda estar na Poxx sem mim. Mas a lógica, naqueles percursos noturnos, era irrelevante para mim.

Os cremes faciais em forma de animais, nas lojas de conveniências, me lembravam dos brinquedos de quando eu era criança e me davam uma estranha pontada no coração, como se tivessem me roubado todos eles. Comprava sempre qualquer coisa para me distrair. Um lápis, um chaveiro feio em forma de dragão. Quando a gente se sente um lixo, é bom saber que podemos comprar pedacinhos do mundo e levá-los conosco. Até chaveiros feios em forma de dragão são pedaços do mundo. Pagava com o celular, porque em Xangai o dinheiro físico está em vias de extinção. O caixa escaneava o código de barras e não sorria para mim.

À noite, no hotel, eu me olhava no espelho. Meu corpo era rechonchudo e tosco. Meu corpo era um pensamento fixo, a não ser quando eu dormia. Nos sonhos, entre a cabeça e os pés, havia uma escuridão disforme que muitas vezes engolia a paisagem, como um buraco negro. Rodovias, árvores, ônibus urbanos, casas de alvenaria, tudo desaparecia no vazio que havia entre tornozelos e clavícula. À noite, no hotel, eu me olhava no espelho. Algo não fazia sentido: apesar de estar na China, do outro lado do mundo, infelizmente eu era sempre eu.

— Ruben, desde que você partiu eu engordei e me mudei pra China e me apaixonei por uma garota de quem você não gostaria — eu dizia à foto depois que Xu me escrevia um *buonanotte*, ou quando não me escrevia nada, e aí eu acendia o abajur em meio ao breu, com a cabeça cheia de dopamina e perplexidade e veneração obsessiva. Eu ia dormir junto do meu irmão gêmeo — dava um beijinho no seu rosto, sobre os olhos azuis, onde o vidro estava rachado —, buscando proteção ou apenas um pensamento que não fosse Xu.

13.
CÉREBRO

Dia 18 de novembro era nosso aniversário, meu e de Ruben. Não contei a Xu, não disse a ninguém, decidi que seria aniversário só dele. Encontrei uma padaria aberta, ao lado de um poste de ferro forjado onde brilhavam dois anjos abobalhados. Entrei e comprei dois croissants, um para mim e outro para o meu irmão, e os devorei rápido, ali mesmo, em pé, com creme matcha quente escorrendo pelo queixo, manchando meu casaco de verde-radioativo.

    Voltei para casa cambaleando um pouco. Na cama, conferi o celular e encontrei mensagens de Xu. Eram em chinês. Era o seu modo de me dominar. Se mostrar indecifrável, me obrigando a um esforço de compreensão. Abri o aplicativo tradutor, depois mudei de ideia e fechei. Insultei ela entre dentes: "ragazza sadica, narcisista". Esses insultos, que ficavam apenas entre eu e eu mesma, eram as únicas ocasiões em que ainda usava o italiano.

Ainda era sábado. Ainda era noite. Eu estava tonta. Coloquei o celular em modo avião e comi o bolo de arroz que havia comprado no supermercado antes de decidir que não faria aniversário. Era meia-noite. Alguns arranha-céus estavam desligando suas luzes, do lado de fora da janela de vidro espesso, exceto uma academia, onde contornos negros de mulheres se moviam como peixes em um aquário. Os escritórios se mantiveram levemente iluminados, luzes foscas e amareladas que resistiriam até o dia nascer. Era o primeiro aniversário que passava sem o meu irmão, era o primeiro em que eu me sentia sozinha no mundo.

No dia seguinte, partimos para Suzhou. Típico passeio dominical. Barquinhos românticos em um rio prateado, nos antigos canais. Garotinhas tocando flautas. Casacos chineses de juta vendidos a preços baixos. O Jardim do Bosque dos Leões: um incrível labirinto de pedra. Biscoitos gigantes sem sabor nenhum, mas que eram tão quentes e macios que confortavam profundamente. A música. Muita música. Canais e céus que sufocavam na música. Tudo muito afetado. Tudo estupendo, eu acho. Não tinha certeza. Na noite anterior deixei uma mensagem na secretária eletrônica do meu psiquiatra em Roma, porque as coisas estavam deixando de parecer estupendas e eu queria aumentar a dose de fluoxetina.

Almoçamos em um restaurante vazio, todo vermelho, com garçons robôs. Não pareciam com os robôs japoneses dos anos 2000, tão humanos a ponto de causar confusão, pareciam mais com aqueles dos anos 80, brancos e quadrados, com grandes olhos sem alma que se iluminavam com luzes concêntricas. Disse a Xu que Suzhou me atingiu em cheio, porque tinha tanto o passado quanto o futuro.

— Falta o presente — ela comentou, e então pinçou o último pedaço de pato laqueado. Não entendi o que ela quis dizer.

Duas garotas esplêndidas e delicadas, vestidas em trajes da era Qing, começaram a entoar um canto comovente, lento e digitalizado, dedilhando as cordas de um zheng.

De volta em casa, eu ainda tinha fome, como se não tivesse comido nada. Uma fome incrível, penosa. Mas a geladeira estava vazia. Liguei a tevê. Anunciavam a abertura de novas lojas da IKEA em toda a Ásia. Na de Tóquio, projetavam uma garota holográfica chamada imma, influencer criada por computador para vender quartos mobiliados. Eu assistia distraidamente. Na minha cabeça, relembrava cada instante em que Xu tinha me acariciado, beijado, mordido. Parecia que fazia uma vida que isso tinha acontecido. Estava claro que eu era apenas uma entre tantas. A sua fase ocidental, a sua boceta exótica de verão. Enquanto eu me tocava no sofá, nervosa e nauseada, a propaganda continuava, mostrando um quarto perfeito e a mulher imaginária, a sua vida imaginária encapsulada em um pequeno quarto real, e eu pensava em Xu e na sua indiferença, na sua beleza e na sua indiferença, e os dois conceitos se misturavam, e, à medida em que gozava, o meu corpo ia se tornando tão insensível quanto os móveis da propaganda, um daqueles colchões nos quais as famílias se deitam para testar, e imaginei os corredores da IKEA iluminados como o dia, e as famílias de mãos dadas se estendendo sobre as camas, sobre o meu corpo mole, meu corpo mole embaixo de todas as famílias felizes do mundo, fazendo repousar seus amores, seus amores verdadeiros, do tipo que nunca tive.

14. TÍMPANOS

Os dias passavam rapidamente, neuroticamente. Começou dezembro. Às vezes, enquanto tomava café da manhã, imaginava uma conversa com Ruben. Dizia a ele: *Não acredito que Xu me ame. Não do modo que aprendi nas séries de tevê. Ela não me dá presentes, não me diz chorando que tem medo de me perder e nunca fala de um futuro juntas. Só me fala do seu passado, mas no seu passado eu obviamente não existia. O que devo fazer, Ruben? O que devo fazer?*

Na noite de 5 de dezembro, meu psiquiatra ligou enquanto eu estava no supermercado, na seção das frutas. Disse a ele que estava gastando muito dinheiro telefonando para mim, e ele respondeu que queria saber como eu estava, com uma voz que a experiência profissional havia tornado quente e reconfortante.

— Vuole prenotare una seduta su Skype? Domani, alle diciassette cinesi?

Enquanto ele perguntava, em familiar italiano, se eu queria agendar uma sessão por Skype para o dia seguinte, tendo a cortesia de sugerir as cinco da tarde no horário da China, fiquei me perguntando que voz ele teria ao falar com a mãe, com a namorada ou com uma filha pequena, desamparada. Permaneci em silêncio diante de frutas cor fúcsia que se pareciam com rostos humanos. Elas tinham pequenas escamas esverdeadas, finas como unhas, nos lugares onde estariam os olhos, o nariz e a boca. Um garoto desdentado passava o esfregão pelo chão, empurrando uma matéria densa e pegajosa. O psiquiatra perguntou de novo como eu estava, se insinuando docilmente no meu silêncio, e me deu vontade de chorar, porque fazia tempo que ninguém se preocupava comigo. Então lembrei que se preocupar com os outros era apenas o seu ofício, como para o garoto desdentado era limpar o chão, e respondi secamente que ia tudo bem, que minha mensagem tinha sido um engano, um mau humor sem importância. O garoto com o esfregão foi embora. Desliguei o telefone. A matéria pegajosa ainda estava no chão. Agora ela parecia integrada ao piso, um sutil tom esverdeado nos ladrilhos. Sob o neon, reluzia como os vitrais de uma igreja distante.

O dia 8 era dia da Imaculada Conceição na Itália, quando se celebra o dogma da concepção imaculada de Maria, mas na China o Natal não existe. Pensei nos meus Natais em Roma, nas árvores falsas made in China decoradas com bolinhas de plástico, em Ruben, que cantava *Noite feliz* enquanto eu o gravava em fita cassete. Pensei naquelas fitas, pretas e enroladas em cassetes transparentes. Pensei em quando elas se desviavam do seu giro ao redor dos rodízios internos e era preciso reencaixá-las com um dedo, com movimentos precisos e apreensivos, e do medo que se sentia de haver perdido a música, a voz ali impressa.

Naquele dia, Xu me levou a um hotel barato ao lado do mercado de insetos. Era fim da manhã, um dia úmido e ameno. Antes de encontrar a entrada correta, um portão largo e enferrujado, passamos diante de várias bancas de apostas em gafanhotos.

— Não entre — ela me disse, enquanto caminhava conferindo os interfones dos outros portões.

Espiei. Vi uma massa de homens amontoados na penumbra. Xu me pegou pela mão e entramos no hotel.

O quarto tinha cheiro de fritura e cabelos encaracolados nos travesseiros. Da janela, se via galpões e barracas com grilos agitados em gaiolas, mosquitos em caixas de plástico finas, com uma moeda de plástico verde que é um dispositivo para fazê-los respirar. Enquanto acariciava o meu rosto, o pescoço, os peitos, Xu me falava sobre as brigas de gafanhotos. Elas aconteciam no parque arborizado logo ali atrás, a dois passos do metrô, mas que muitas vezes estava fechado, então era preciso escalar o muro. Me falou sobre os homens que vi na banca de apostas. Homens babando, ligeiramente corcundas, com largos sorrisos desdentados, que brincavam com os insetos como se fossem bonecas. Lá dentro, vendiam estojos esculpidos, de poucos centímetros, para guardar os grilos, e preciosas tigelas de porcelana para alimentá-los. Dos grilos nervosos aos gafanhotos verde-veneno. Animaizinhos domésticos que, em vez de um focinho amável, têm patas irritadiças e a fragilidade de poderem ser esmagados com um dedo. Não fazem companhia de verdade, mas fazem você se recordar da sua grandeza, do seu poder banal de matar. Também nos lembram de que somos capazes de amar uma coisa pequena e feia.

Depois do sexo, subimos uma escada íngreme que levava a um galpão com um grande mercado. Longas mesas sujas e cheias de objetos, alguns magníficos, outros apenas velhos. Cigarreiras de prata com andorinhas entalhadas. Fantoches do início do século passado. Pulseiras com cabeças de dragão enegrecidas. Caixinhas de metal com ilustrações de mulheres pilotas, seus sorrisos lascados pelo passar das décadas. Todos os comerciantes dormiam em cadeiras reclináveis.

— Quer esta? Combina contigo — disse Xu, segurando uma boneca dos anos 50 com feições ocidentais, sem um braço, os olhos em um tom de verde-alienígena.

Deixamos o mercado e entramos no labirinto de animais. Corredores apertados, paredes bloqueando o sol. Gatos e cães amontoados em gaiolas por toda parte, à espera de serem escolhidos, de serem amados. Girinos laranja neon em embalagens de papel-alumínio. Tartarugas recém-nascidas, com adesivos da Hello Kitty colados nas cascas, se debatiam umas contra as outras em uma bacia.

— Quer uma? — perguntou, em chinês, uma mulher com dentes cor de limão siciliano.

Me virei para todos os lados procurando Xu, que não estava mais lá, e fiquei com a respiração suspensa.

No dia seguinte, ela me levou a Qibao, subúrbio a oeste de Xangai. Me dou conta de que sempre digo que ela me levou, como se eu fosse uma bolsa ou uma criança, mas era assim que eu me sentia. Saindo da estação de metrô, caminhamos ao longo de uma rua pobre, anônima, salpicada de lojas de roupas usadas. Suas placas e fachadas estavam todas descascando, desbotadas das cores originais. Dentro delas, luzes anêmicas revelavam tops cheios de brilhos e blusas com flores grandes e vulgares. Ao final da rua se chegava na parte antiga. Uma pracinha com um templo e, a partir dele, mil ruelas se derramavam, intrincadas. Era preciso caminhar rápido pelos becos estreitos para não sermos atingidas pela multidão que avançava animalescamente. Uma multidão terrível. As pessoas se acavalavam umas sobre as outras, lambendo sorvetes verdes e moluscos lustrosos de fritura. Olhando adiante, só se via um horizonte de cabeças, um mar escuro que se agitava ao ritmo de um tagarelar ensurdecedor. À direita, rios de barracas. Bolinhas de madeira esculpidas em forma de dragões, colares de jade falsos, escorpiões untados de gordura enfileirados em espetinhos. Cascos de porcos posavam em prateleiras como diamantes. Legiões de patos, com olhares vazios e cabeças majestosas, pendiam nas paredes.

Sentadas em um degrau, longe do tumulto, comemos espetinhos de baratas fritas. Ela que havia escolhido. Atrás de nós, uma velha com um lenço na cabeça vendia um caldo preto.

— Sabia que, na verdade, nós chineses não comemos insetos?

— Não. Não sabia. E por que vendem?

— Pra agradar os turistas. Porque essa é a imagem que têm de nós e que querem confirmar quando vêm nos ver de perto.

— Parece meio descabido.

— Não acredita? Não sabia que dizem que nós comemos qualquer coisa que respira?

— Quem diz isso?

— Todos. Os ocidentais.

— E não é verdade?

— É. Mas insetos não.

— E então por que estamos comendo?

— Porque estou com você e você é uma turista. É isso que quer. Quer me ver assim.

— Você não sabe o que eu quero. Além disso, não sou uma turista. Não sou mesmo.

— E é o quê? — ela perguntou, com a boca cheia.

— Não sei. Sou uma professora. Uma que mora aqui.

— E além disso?
— Em que sentido?
— O que mais você é?
— Sou sua namorada — eu disse, e me arrependi imediatamente.
— Isso não te diz respeito. Perguntei o que você é.
— Sou uma mulher. Um mamífero. Uma terrestre. Assim está bom?
— Esperava que dissesse gêmea. Faz um tempo que você não fala do seu irmão.

Me senti desconfortável. Joguei o espetinho no lixo.

— Aquilo que sou não te interessa — respondi.

Xu estourou em uma gargalhada. Era tão bonita quando ria que eu até me esquecia que era de coisas patéticas em mim que ela gargalhava assim tão alto.

Naquela noite, ela me levou ao museu das serpentes, em Pudong, para admirar répteis amarelo-ocre de dois metros e nuvens de insetos zumbidores. Após uma ampla sala com baratas expostas em cubos de vidro e pítons espalhafatosas, o museu seguia por corredores estreitos, ladeados por vitrines com jacarés imóveis dentro. O desespero deles, naqueles espaços apertados, em meio a plantas sintéticas, era evidente.

— Olha esse réptil, Xu. Parece vindo de outro mundo.
— Claro. Aqueles que vemos aqui são criaturas extraordinárias. No dia a dia só vemos seres banais.
— Tipo crocodilos?
— Não. Tipo a serpente que imaginamos quando pensamos na palavra serpente.
— Uma cobra d'água.
— Sim. Não é particularmente bela nem particularmente má. Não faz nada pra se defender além de se fingir de morta ou abrir a boca fingindo estar soltando veneno. Em suma, sua maldade é uma mentira.

— Pensava que ela soltasse algo...
— Uma espécie de secreção emitida pelas glândulas anais, com um cheiro terrível, mas não faz nada, é tudo teatro.
— Como sabe tanto assim sobre serpentes?
— É uma velha história... Quando menina, sempre fugia de casa e ia num templo do vilarejo vizinho, o Templo Jinshan. Lá, tinha duas serpentes em uma cela de vidro... Eu me sentava e observava elas. Por horas. Perdia a noção do tempo. Me fascinavam. Se contorciam uma sobre a outra. Pareciam uma coisa só. Aí eu pensava: isso é amor.
— Mas por que eles tinham serpentes à mostra?
— Porque, em uma noite de outono, em 2002, os monges viram uma píton branca circulando nas águas sob a ponte imperial, em frente à caverna Bailong. Tinha um metro e sessenta e sete, olhos vermelhos, um tipo raro de píton, tranquila e inofensiva. Pouco depois, viram uma outra serpente. Verde, um metro e quarenta e dois, que seguia a primeira à distância. Compreenderam que era Bai Suzhen, a serpente fêmea que se apaixonou por um mortal chamado Xu Xian e se transformou em uma garota para casar com ele, até que um dia um monge revelou que ela não era humana, desvendando o seu segredo.
— Não sei se entendi bem. Era uma ou duas serpentes? Além disso, como sabe o tamanho exato delas, de onde vêm esses detalhes tão precisos?
— Porque na cela do templo havia um artigo de jornal que contava tudo isso. Quando ia até lá para observar as serpentes, eu lia e relia a matéria. Aprendi o texto como vocês aprendem a rezar.
— É uma bela história, eu acho.
— Sim. Muito boa, não é mesmo? A reencarnação de dois amantes que, em forma humana, não conseguiam se amar, mas que agora tinham uma chance. Minha tia ia me buscar enfurecida, me levava pra casa. E meu pai...

Me olhou fixo, com os olhos subitamente apagados.

— Meu pai me batia forte. Com um cinto. Me fazia jurar que não fugiria de novo.

— Xu... Sinto muito.

Ela balançou o braço, fazendo tilintar a sua pulseira de jade.

— É por isso que está lascada. Uma vez ele me empurrou contra a parede, quando eu tinha treze anos, e a pulseira bateu na quina de um armário. Minha mãe tinha me dado ela de aniversário.

— Xu, não sei o que dizer...

— Você não deve dizer nada. Só estou contando os fatos. Não preciso da sua compaixão, não preciso da compaixão de ninguém.

Entramos na última sala. Diante de uma esquálida loja de suvenires, duas lhamas, paradas em um recinto, nos observavam com olhares imóveis e resignados. Tentei acariciar uma delas, tinha os olhos lustrosos e gentis. Queria perguntar a Xu sobre o seu pai e, ao mesmo tempo, não queria. Me sentia exaurida. Ela me esperava, impaciente, digitando no celular. Comprei um chaveiro inútil e esdrúxulo, que fiquei girando entre os dedos durante a interminável corrida de táxi até a Poxx.

Desde que começamos a ir juntas à Poxx, passamos a transar menos. De algum modo, a Poxx, com suas luzes grosseiras e sua música martelante, estava substituindo a nossa intimidade. Xu acenou para alguém distante. Eu não conseguia ver o rosto, só um agrupamento desfocado de silhuetas. Me apoiei no balcão e pedi o saquê de sempre. Entornei em um só gole. Olhava em volta, tinha a cabeça vazia. Pouco a pouco, os letreiros vintage nas paredes, replicando sinais de trânsito americanos, marcas de chá inglesas e frases motivacionais, misturados sem critérios, começaram a me parecer agressivos. A falta de coerência deles era agressiva. A falta de narrativa deles. ROUTE 66, TWININGS TEA AND COFFEE MERCHANTS, LIVE LAUGH LOVE, WORK HARD AND BE NICE, THIS IS OUR HAPPY PLACE. Saí à rua em busca de um pouco de ar enquanto Xu tagarelava com pessoas ao acaso. Na rua cinzenta dos fundos, uma mulher sentada em uma toalha vermelha fez sinal para eu me aproximar. Obedeci. Era esquálida, com cabelos ralos, cor de rato. Em seu olhar opaco havia algo como um muro, qualquer coisa que a separava da vida. Ela me encarou e disse, em inglês:

— Me deixe olhar bem pra você. — Enrubesci. Me inclinei para ela. Emanava cheiro de álcool e urina. — Você tem uma pequena ruga no nariz — ela prosseguiu — e nasceu assim, não se pode fazer nada quanto a ela, mas isso bloqueia a sua felicidade.

Me deu vontade de rir, mas, ao invés disso, desatei a chorar. Ela me pediu vinte yuans.

Naquela noite, Xu dormiu comigo no meu quarto. Era a primeira vez, e ela não gostou do apartamento. Disse que a sufocava. Ia de um lado a outro, da cama à cozinha, e observava meus cadernos e canetas, minhas bolsas de couro, as panelas lascadas, os colares de prata, com expressão perplexa e nervosa. Pedimos delivery de rãs fritas, adormecemos com a tevê ligada e as embalagens de comida espalhadas pelo chão. De madrugada, ela acordou sobressaltada, gritando. Liguei o abajur e vi que ela tremia, a testa úmida de suor.

— Xu, está tudo bem. Com que você sonhou?
— Com nada. Não importa.
— Como não importa?
— Tem qualquer coisa pra beber? Vodca?
— Não. Nunca bebo em casa.
— Vai tomar no cu. Vou embora.
— Não, espera. Vem aqui.

Tentei abraçá-la. Ela se afastou. Ainda tremia. Com um gesto brusco, se esticou para pegar seu celular e derrubou meu retrato com Ruben.

Corri para juntar, com o coração na boca.

Não tinha quebrado.

Tinha a mesma rachadura, solitária, como um cabelo caído. Em pé, comigo e meu irmão entre os braços, olhei para Xu, que se concentrava na própria respiração, tentando se acalmar.

— Me diz, com o que você sonhou?

— Pare de perguntar isso. Não importa. Pra quem vive em Xangai, ter pesadelos é normal. Essa cidade entra na cabeça da gente.

15.
VÉRTEBRAS

Quando acordei, o céu tinha um azul muito intenso e Xu já tinha ido embora. Tinha ajeitado o lençol e a coberta perfeitamente. Até o travesseiro não estava amassado, como se não tivesse suportado por horas o peso da sua cabeça. Afundei o nariz na fronha para sentir os últimos traços do seu perfume: um cheiro enigmático e picante. Tirei a roupa. Tentei não me olhar no espelho. Sob a ducha, me masturbei nervosamente para extinguir uma ânsia semelhante a um incêndio.

  Fui trabalhar. Os poucos metros até a escola pareceram infinitos. Estava cansada, tinha as pernas doloridas, o céu azulíssimo incomodava meus olhos. Havia canteiros de obra por toda parte: homens cansados, ofegantes, ocupados em consertar qualquer coisa, demolir qualquer coisa. Pendurados em escadas e gruas, andaimes de metal, sob o sol, rostos pálidos e perolados de suor, concentrados em detalhes imperceptíveis. Passei por uma calçada destroçada. As pessoas ao redor caminhavam com semblantes absortos e serenos, em ritmo acelerado, entrando e saindo do metrô como formigas emergindo dos seus formigueiros. Elas não se davam conta do que estava acontecendo? Não notavam aquele excesso de zelo e destruição? Não se assustavam que a terra e o cimento fossem tão fáceis de colapsar? E que, com a mesma naturalidade e velocidade, era possível reconstruir tudo, como se nada tivesse desmoronado? Minha cabeça girava. Segui em direção ao parque Jing'an. A praça que deveria estar à direita do parque, cuja foto estampava a capa do meu guia da cidade, tinha desaparecido: no lugar dela havia uma grande fossa, cheia de operários e escombros. Espiei através do portão fechado, olhando para o buraco e as pedras e as gruas, furiosamente poderosas. Só havia aberto o guia no avião, em certo momento da noite, da minha noite italiana, mas que, do lado de fora das janelinhas, já era China, cheia de sol e nuvens granuladas. Sobre a praça que deveria estar aqui, a publicação dizia: *O lugar ideal para um instante de pausa e descanso.*

    Durante a aula, conferi meu celular o tempo todo, esperando que Xu me escrevesse, mas me obriguei a não escrever para ela. Devia deixar que ela tivesse o seu espaço. É isso que se faz nos relacionamentos. Se respeita o silêncio do outro oferecendo em retorno ainda mais silêncio, mas tomando cuidado para que a soma total de silêncio não seja tamanha a ponto de engolir tudo. É preciso dosar o silêncio. Como água oxigenada sobre uma ferida: parece inofensiva, desinfeta, faz uma espuminha branca como a neve sobre o sangue coagulado, mas tira a cor de qualquer coisa que fique muito tempo imersa nela.

Enquanto explicava aos alunos a diferença entre "casa mia" e "la mia casa", me lembrei do pesadelo de Xu e não consegui mais tirar isso da mente. Falava de gramática de modo automático enquanto via a imagem de Xu, tremendo como uma náufraga, projetada na parede laranja, brilhando de suor, como quem acaba de emergir de um mar de sentimentos violentos. Odiava que ela não quisesse me contar nada. Odiava que dividisse comigo somente a crosta da sua vida interior e que guardasse para si as profundezas mais inseguras. Tudo o que ela me falava sobre si mesma tinha sido dito com frieza, tirando sarro, como se contasse um filme. Me dizia somente coisas que, com o tempo, se tornam inócuas, enquanto eu tinha fome de tudo aquilo que fazia com que ela se afogasse. Escrevi uma mensagem: *Desculpe por termos brigado. Me importo contigo e só quero que estejamos de bem uma com a outra.* Não respondeu.

De noite, colei o rosto no vidro da janela, olhando os arranha-céus. Isso me acalmava. Tentei decorar a sequência com que suas luzes se desligavam. Segui as silhuetas das mulheres que terminavam de fazer seus exercícios aeróbicos e desapareciam em vestiários fechados, e depois as reencontrava no primeiro andar e as seguia com o olhar até dobrarem em direção ao metrô. Tinha comprado um jantar pré-pronto no supermercado, lámen frio com frango, mas deixei sobre a mesa, dentro do plástico. Tinha o estômago embrulhado. Bebi um pouco de vinho barato e por toda a noite assisti os episódios restantes de *Júri sentimental*, de fones de ouvido, sentada em uma poltrona. Era um seriado japonês sem sentido. Um comitê escutava uma pessoa contar sobre determinada situação do seu passado na qual havia deixado passar alguma oportunidade romântica. Não ter tentado dar em cima de certa pessoa, ter perdido a chance de transar com alguém, coisas assim. Então o comitê deliberava se, de fato, dadas as circunstâncias, essas histórias poderiam ter resultado em algo belo. Normalmente, os concorrentes encontravam algum conforto em saber que sim, algo bonito poderia ter acontecido, caso tivessem sido mais atentos, mais espertos, mais corajosos ao viverem suas vidas.

    Xu não respondeu minhas chamadas por dias. Durante as aulas, tentava pensar nos alunos, no quanto era importante que eu os ajudasse a se expressar em uma outra língua. Toda língua traz sentimentos novos. A mim, o que o chinês havia trazido? Amor, ódio, frustração, solidão. Minha solidão em chinês era menor ou maior do que a que eu sentia em italiano? E o amor, que amor era? E tinha mais: um sentimento sem nome, uma sensação de encolhimento, como se tivesse de novo três anos de idade e uma necessidade urgente de ser carregada nos braços. Não era exatamente amor, porque era impessoal. Não é amor o amparo que filhotes em um zoológico encontram em uma mãe de pelúcia. Não era nem solidão, porque a companhia não a extinguia, pelo contrário, até a reforçava. Era uma fome obscura, tão plena de ferocidade e esperança que parecia religiosa. Absoluta como um amém, como o primeiro choro quando nos tiram do útero, nos obrigando a vir ao mundo.

    Durante a pausa entre as aulas, fui à lanchonete que havia no interior da escola. Nunca tinha ido lá. Ia pedir um café no balcão, mas a garçonete, de olhos enormes, com lentes de contato azul cobalto, apontou para o meu celular. Entrei no site deles e pedi um ristretto. Na tela, apareceu a informação de que ele ficaria pronto às 11h41. Enquanto esperava, puxei conversa em chinês com uma colega que mal conhecia. Ela estava em pé, à minha direita. O papo funcionou nos primeiros minutos. A conversa era básica, eu conseguia mantê-la. Então, se complicou ligeiramente. Não conseguia mais acompanhar. O sentido se evaporou.

Meu café chegou. Minha mão tremia um pouco segurando o copinho de plástico. A colega perguntou, eu acho, se eu já tinha feito amigos. Não soube o que responder. Não sabia nem se tinha entendido bem. Entendi suas palavras, entendi a minha vida. Mas Xu era uma amiga? Ou uma inimiga?

Me despedi com um aceno e fui embora. Caminhei pelos corredores lotados, olhando para o piso, imersa na minha confusão, que não tinha palavras, em nenhuma língua. E o chinês é uma língua invertebrada, como as serpentes. Falta nela os ossos das conjugações. A diferença gramatical entre fazer uma coisa e já ter feito, entre passado, presente e futuro, não está marcada no verbo. É como uma prótese, uma partícula que se adiciona à vontade. Não há nenhuma exigência sintática. Ou seja: em chinês, não existe diferença entre Ruben *é* meu irmão e Ruben *era* meu irmão. Entre Xu me *ama* e Xu me *amou* só por um instante, em um certo momento, em seu quarto ou na rua, no chão, sobre uma cama dura em um arranha-céu.

16.
LÁBIOS

Xu reapareceu na quinta-feira seguinte: me escreveu para encontrá-la na Poxx. A Poxx me lembrava agora uma cova. O fato de ter que descer aquela escada infinita, de pedra escura, com o neon fúcsia de motel de periferia e meu estado de ânimo cada vez mais lúgubre. Em uma manhã, tinha visto o lugar da janela de uma livraria no topo de um edifício ali próximo: a escadaria, vista do alto, me fez pensar no interior de um osso quebrado. Além disso, aquele ambiente tinha muitas vozes misturadas, mesas muito apertadas e próximas, que deixavam uma substância engordurada na ponta dos dedos por horas, quando se tocava nelas.

Quando cheguei, Kelly/Biyu/Angélie estava contando a Xu sobre um músico alemão com quem transava regularmente e que não a tratava bem. Eram umas dez horas, que logo viraram onze. Grupos de ocidentais gargalhavam e faziam algazarra em outras mesas, enfiando seus garfos na comida como se fossem armas de uma civilização conquistadora. Já tinha conhecido muitas pessoas assim. Europeus estúpidos, com um amor cego e predatório pela China, que queriam trepar com chinesas ou adotar crianças chinesas, acordar com olhos e peles chinesas entre os braços. Eles só frequentavam lugares inspirados no Ocidente, repletos de plantas e lounge music e estátuas de Buda feitas de plástico. Frequentavam a Poxx, que era terra de ninguém, neutra e artificial como um set de tevê. Eu os desprezava ainda mais do que desprezava as amigas de Xu. Kelly/etc. continuava a falar, se lamentando, contra a parede dos letreiros vintage, contra o silêncio, e ia ficando nervosa, grave, eletrostática de raiva. O amor não correspondido tem uma carga energética surpreendente.

Em dado momento, Xu fez um carinho na bochecha dela e disse "ele não te merece" e outras banalidades, mas também disse coisas inteligentes e maternais, coisas que iluminaram o rosto pálido e simétrico de Kelly, como "não sou ninguém pra te dizer pra largar ele, se você ainda o vê é porque seu inconsciente tem necessidade de repetir algum mecanismo primitivo da infância, mas escuta, eu gosto de ti e vou tentar impedir isso, como faria com uma irmã, vou te impedir de ver ele". Comigo ela nunca tinha sido assim tão clara, tão generosa. Comigo era opaca e egoísta. Kelly agora estava visivelmente melhor, sorria, enxugava as lágrimas, soltava seu cabelo amarelo-canário e o deixava cair sobre os ombros em um gesto de libertação e relaxamento. Eu não me lembrava da última vez em que me senti bem depois de ter falado, depois que qualquer um tivesse falado comigo. Talvez ninguém, há muito tempo, me dissesse coisas carinhosas. Talvez nem eu fizesse isso. Toquei minha boca como se fosse uma relíquia.

Nos despedimos; eu ia para um lado e elas para outro. Não sei se Kelly era bonita ou não, porque isolava cada parte do rosto dela, neuroticamente — olhos pequenos, nariz pequeno, boca longa e clara: isolava cada parte e não sabia como juntar de novo —, mas sabia que naquela noite tinha uma marca rosada de herpes ao lado dos lábios. O que não tinha nada a ver com Xu necessariamente, dizia respeito apenas ao sistema imunológico dela, e não havia razões para eu ficar obcecada com esse detalhe. Na verdade, em vez disso, enquanto voltava para o hotel, com as pernas frias e um guarda-chuva quebrado nas mãos, imaginei que elas deveriam estar conversando no metrô sobre isso naquele momento, rostos bem próximos em meio às cabeças dos outros, falando sobre febres e carências vitamínicas enquanto voltavam às suas casas, como se papear sobre organismos debilitados também fosse uma forma de voltar para casa, para um lugar fechado e seguro, e Xu estaria tão próxima daquela erupção avermelhada que, em algum momento, se acabaria criando uma intimidade aterrorizante entre seus lábios e os lábios doentes de Kelly. Xu lhe diria coisas como "se cuide mais" ou "conheço uma pomada que faz milagres". Coisas assim. Coisinhas de nada. Mas, uma vez que comecei a imaginar essas coisas, não consegui parar. Os corpos que balançavam no metrô em alta velocidade, depois a parada, a despedida, os dois rostos muito próximos por um instante e, entre elas, a leve marca de infecção. Nesse turbilhão de pensamentos obsessivos, até o vírus enraizado na boca de Kelly me parecia um sinal de amor: o organismo que cedia a um corpo estranho, lânguido e indefeso, a pústula desabrochando no canto dos lábios como uma flor.

No resto da noite, não consegui dormir. Me levantei às quatro horas. De pijama e com um moletom que era de Ruben, corri até o metrô mais próximo. Recuperei o fôlego ao lado do canteiro de obras da praça, sentindo o frio que entrava pela gola da roupa e uma faísca de pânico que percorria o meu corpo. Vi uma placa com uma frase em chinês que eu não estava sóbria o suficiente para entender. Embaixo, a tradução em inglês, completamente errada: *Escorregue e caia com cuidado.*

    Cheguei na casa de Xu. Da calçada, observei a sequência de janelas iluminadas. Cozinhas cheias de comida, sem pessoas, salas vazias com televisões ligadas, enormes e emanando luzes azuis. A janela dela era muito alta, indecifrável. Fixei sua luz acesa, tão próxima da lua, tremendo sob o moletom leve. Me perguntei o que Ruben teria pensado se me visse naquele momento, no frio, com seu moletom pequeno e amarrotado e com o desespero certamente brilhando nos meus olhos. Me perguntava isso com frequência, mas acontecia cada vez menos. Quanto mais tempo passava após a sua morte, menos a sua vida pressionava a elaboração dos meus pensamentos. Isso me confortava e, ao mesmo tempo, fazia com que me sentisse só.

    Depois de uns dez minutos, pensei ter visto uma silhueta contra a luz. Passou por um segundo, como um relâmpago. Impossível saber se era apenas Xu ou uma massa que misturava Xu e Kelly. Esperei mais algum sinal. Um vulto surgindo de frente, um lampejo amarelado do cabelo comprido de Kelly: aquele amarelo ácido, alarmante, como fita policial em uma cena de crime. Talvez Kelly não se chamasse realmente Biyu. Talvez existisse um nome ainda mais íntimo do que o dos seus documentos, um nome só para as garotas com quem trepava. Talvez Xu o pronunciasse aos sussurros, embaixo dos lençóis, enquanto descansava a cabeça sobre a vagina dela. Pensei nos nomes que as divindades egípcias não revelavam a ninguém, porque isso daria um poder grande demais, seja de vida ou de morte, a quem viesse a saber: quando Rá foi envenenado por uma serpente que Ísis tinha criado a partir da própria saliva, o único modo de se salvar era revelando seu nome secreto.

Juntei coragem. Interfonei. Ela atendeu imediatamente. Consegui dizer "sou eu" com um fiapo de voz, um sibilar ansioso. Subi correndo. Ela estava sozinha, estudando, sentada à mesa, comendo manga desidratada. O alívio explodiu na minha cabeça como um exorcismo. Ela veio ao meu encontro e nos beijamos contra a parede. Segurei seu rosto com minhas mãos frias, trêmulas. Senti minha ansiedade colidir com a tranquilidade dela.

— Morde o meu lábio, Xu. O mais forte que puder.
— Agora não estou a fim.

Ela parecia cansada, com a cabeça em outro lugar. De repente, o ovo alienígena se acendeu em mil cores lá fora.

— Você não se importa comigo.
— Por que você diz isso?
— Prefere as suas amigas.
— Conheço elas há mais tempo.

Meu coração parou.

— Mas... Eu e você...
— O que você quer dizer? Diga de uma vez.
— Você não é apaixonada por mim.

Ela me olhou perplexa, me achando hilária. Sempre me olhava perplexa e me achando hilária. Quando eu falava, quando ficava em silêncio, quando enfiava minha língua em sua boca. Eu era o seu zoológico: um bando de animais exóticos para ela observar e se divertir.

— Responda, Xu.
— Mas não foi uma pergunta. Foi uma afirmação.
— E você não tem nada pra me dizer?
— Quero primeiro que você se acalme.
— Te odeio — disse, e logo me arrependi. Eu sabia bem que a partir de determinado limiar de dor as palavras regridem, perdem o valor comunicativo, servem apenas

para descarregar tensões, como o choro dos recém-nascidos. — Não... Não é verdade que eu te odeio... É que...

Xu suspirou, com um olhar entediado, e o apartamento tremeu ligeiramente, como treme a realidade antes de um colapso emocional.

Eu não era assim. Eu era uma pessoa racional. Sempre fui. Desempenhava um trabalho que exigia forte domínio dos pensamentos. Mas aquele sentimento por Xu me levava a um lugar selvagem e inóspito da minha mente, onde a lógica se enraizava com dificuldade, e quando essas raízes conseguiam se fixar, todos os pensamentos germinavam retorcidos, úmidos, apodrecidos.

— Você me odeia, me ama... É um desastre. O que é que eu faço com alguém assim? — ela enfim disse, acariciando o próprio cabelo.

Comecei a chorar. Não chorava há sete meses, desde o dia do funeral. O amor se parece muito com um funeral, aliás: a mesma resignação, a mesma atmosfera de ritual. Continuei chorando e ela continuou me olhando, inexpressiva como um quadro de Jean-Paul Laurens. Sua inexpressividade acentuava o meu choro, que foi se tornando barulhento e agressivo como o de uma criança. Cobri os olhos com as mãos. Por trás das mãos, imaginava ela parada, imóvel e curiosa, uma antropóloga da minha tristeza.

— Me morda, pelo menos — eu pedi, patética e carente, mas ao mesmo tempo acreditando que aquela era a única forma que valia a pena de se prender a alguém. Ela mordeu meu lábio com violência. Senti seus dentes afundarem e depois soltarem a carne dormente. Ela me mordeu de novo, mais forte. Corri para o banheiro e me olhei no espelho. O lábio tinha inchado, causando uma estranha deformidade no meu rosto. Como se fizesse uma careta, uma careta sem emoção. Passei a noite lá, não queria ir embora de jeito nenhum.

17.
LÍNGUAS

Na manhã seguinte, bebemos chá verde em uma mesa repleta de revistas e batons. Os chineses não filtram o chá: o fundo das nossas canecas era uma borra de algas que se espalhava suavemente em água fervente. Depois, me deitei no sofá para jogar Candy Crush. Passei duas horas esmagando doces da mesma cor usando as pontas dos dedos. Xu estava por sua conta, às vezes estudava um pouco, às vezes trocava mensagens sabe-se lá com quem. Ela ligou a tevê, que dizia CUIDADO COM AS PARTÍCULAS PM2.5. Eu ficava feliz quando entendia uma frase completa em chinês: representava o mistério que me distanciava de Xu diminuindo pouco a pouco, me aproximando dela. Um mistério feito de monossílabos, consoantes retroflexas, agás soando como o vento na estrada. Naquele momento, porém, a frase captada na televisão me deixou indiferente. Xu se voltou para mim e perguntou se língua de porco ia bem para o almoço. E vagem com molho de camarão. Pensei no fato de que todas as comidas que Ruben cozinhava eram refeições afetuosas: quentes, macias na língua. Elas nunca incluíam animais, só pequenas folhas, cremes envolventes. A única exceção era a sua famosa torta de salmão, que ele só preparava porque nossos pais eram loucos por ela. Xu perguntou de novo sobre a língua de porco.

— Não sei — respondi. — Qualquer coisa está bom.

Me cansava ter que pensar no que eu queria.

Eu estava irritada. Estava irritada e queria ficar ainda mais. Do modo mais pleno possível. Odiava que meu amor por Xu amenizasse a raiva nas nossas brigas. Procurei no tradutor do celular como se diz "transar" em chinês. Não. Busquei algo que fosse mais específico, tipo "vagina". Queria perguntar se ela tinha visto a vagina da Kelly, que eu imaginava como uma fruta podre, mole e lânguida, como se estivesse caída em um campo, abandonada à terra, para virar adubo. Imaginava os dedos de Xu explorando a polpa escura com um misto de desejo e nojo. Escrevi *vagina* no tradutor: se dizia *yindao*. Segundo o dicionário, era literalmente "via obscura". Ou ainda: nebulosa, escondida, sombria. Cada sinônimo era mais elegante que o anterior, cada sinônimo se distanciava mais de uma verdadeira vagina, transformando a sua anatomia em uma questão abstrata, quase religiosa. A via é um percurso monástico ou autodestrutivo. Uma coisa de devotos ou viciados. Uma coisa para seguir com abnegação. Eu queria seguir Xu até o núcleo escuro e úmido do seu ser. Que não é só a sua boceta. É uma via obscura na qual se ingressa através da sua boceta: uma peregrinação humilde rumo à cabeça dela. Uma jornada com um ar místico, arrogante, de autossacrifício. Pensar nessas coisas me provocou uma mistura de excitação e maldade. Talvez o desejo seja sempre assim. Não importa. Larguei o telefone no sofá, com o coração acelerado, e me aproximei de Xu. Tirei o celular rosa de sua mão. Lá fora, tudo era cinzento, pastoso em meio à neblina, mas havia sol, um sol fraco que espreitava através do cinza, criando pequenas rachaduras de luz. *Via obscura.* A língua chinesa é tão metafórica que, para sermos diretos, a única saída é o silêncio. Ferir. Agir sobre o corpo com um gesto inequívoco. Tirei minha camisa florida e segurei sua cabeça. Puxei seu rosto para os meus seios. Não era preciso dizer nada. Dócil e feroz, ela me mordeu com força.

— Você trepou com a Kelly?
— Quando?

Xu se voltou para mim. Estávamos nuas no sofá, tínhamos transado até ficar com dor de cabeça.

— Como quando? Ontem. Ou outro dia. Você quem me diz. Transou com a Kelly?

— Você é pesada. Me oprime — ela disse, e caminhou até o espelho, se penteando.

— Por favor — falei, às suas costas, com uma voz de inseto. Um lamento de barata em um piso gigante. Escondi meu rosto com as mãos.

Sete meses antes, eu tinha perdido a fé nas palavras. Quando Ruben morreu sem que eu dissesse a ele nada de significativo. Quando Ruben morreu sem ter me dito nada de significativo. Mas bastou que me apaixonasse para recuperar essa fé na linguagem, patética e suplicante. Como toda fé, aquela depositada nas palavras não podia ser confirmada nem negada. Como toda fé, ela poderia ter me transformado em uma mártir.

— Só com Kelly ou tem outras? Você ainda transa com suas ex, aquelas das fotos?

— Por que você quer saber?

— Porque é a verdade, Xu.
— O jeito como você pronuncia o meu nome me faz rir.
— Não muda de assunto. Me diz a verdade.
— A verdade é um tédio.
— Não, a verdade é importante.
— Por quê, posso saber?
— Porque sim. Porque preciso dela.
— Você já não é mais uma criança, e eu não sou sua mãe, não tenho o dever de satisfazer suas necessidades.

Me senti enjoada e me tranquei no banheiro. Enquanto tentava vomitar, ouvi o barulho do zapear na tevê, os canais que mudavam e o volume que aumentava, o grasnar de desenhos animados e comerciais, emoções fingidas de poucos segundos, desejos simulados, depois as vozes estridentes de duas mulheres em uma novela, por uns dez minutos, misturadas com o som de carros acelerando contra o vento, notas de piano gélidas, risadas ruidosas. Ela me chamou quando a língua de porco chegou.

18.
GORDURA

O amor se deposita em todas as partes do corpo, como a gordura. Há quem engorde mais na bunda e há quem concentre volume na cintura. Há quem engorde no rosto até deformar seus traços e se tornar irreconhecível até para si mesmo. Isso vale também para o amor. Ele se assenta nas partes do corpo que mais aguentam o peso e a transfiguração. Pode ser sentido nas têmporas ou nas pontas formigantes dos dedos — uma turbulência similar a um enxame, a um bando de insetos zunindo no escuro — ou em uma prega suada do joelho. Os olhos ficam vermelhos e coçam. O estômago queima. Os nervos puxam o cotovelo como as cordas gastas de um velho violino. O amor chia e arde nas bochechas ou nos lóbulos das orelhas, que ficam com a cor doentia de rosas esmagadas em um caderno. Os ovários latejam, os mamilos ganham uma consistência bovina. Quando o amor martela no peito, é porque já se estabeleceu por toda parte: é preciso fazer com que saia pelos genitais e, se não sair tudo, deve-se fazer um talho no ponto exato pelo qual ele entrou e deixar sangrar.

19.
BOCHECHA

No dia seguinte, Xu sumiu. De novo. Parou de responder chamadas e mensagens. Eu sabia que ela estava me punindo por minha pequena revolta e fiquei furiosa comigo mesma. Furiosa por ter perguntado qualquer coisa, por ter achado que eu era digna da sua atenção. Na volta da escola, sob as luzes fortes do banheiro, repetia o seu nome diante do espelho. Xu. Xu. Xu. Xu. Xu. Xu. Xu. Xu. Xu. Xu. Xu. Xu. Xu. Xu. Xu. Xu. Xu. Xu. Até virar só língua contra o palato. Um esboço demente de linguagem humana. E foi só aí, quando o sentido se perdeu, quando tinha na boca somente um X e uma vogal, um sibilar sinistro como o de uma serpente, que entendi: eu amei sozinha, totalmente sozinha, como um cachorro. Tinha jogado meu amor como um bumerangue, sem esperar que voltasse para mim.

    Naquela noite, fiquei parada na frente da sua casa, tocando o interfone sem parar. Nenhuma resposta. Permaneci mesmo sob a chuva. Imóvel, à espera, debaixo de um céu cor de chorume. Tentei de novo três dias depois, inutilmente. Me informei com Rosa, a outra professora de italiano: Xu não estava mais indo às aulas. Peguei um resfriado, o resfriado passou. Seguia indo trabalhar, mas conferia o celular continuamente, sob a mesa, ou me escondia no banheiro para telefonar para ela, inúmeras vezes, sentada na privada, até o cóccix ficar dolorido. Era 20 de dezembro. As alunas me viam chateada, distraída, pálida. Me perguntavam se eu estava bem, me desejavam feliz Natal. Eu tentava manter as aparências, respondia como se visse sentido nisso: "Buon Natale anche a voi", feliz Natal para vocês também. Mas não fazia sentido para ninguém: nem para elas, que sequer festejavam o Natal, nem para mim, que não tinha nada a festejar.

    Retomei o hábito de pensar no meu irmão todos os dias, como antes de Xu. Pensava nas tortas salgadas de abobrinha e gengibre que ele fazia quando ainda estava bem. Nas sopas de beterraba com wasabi, nas flores de abobrinha com quinoa. Estava no segundo ano do curso de culinária, estudava chinês também, começava a sonhar com abrir o seu restaurante em Xangai. Nunca perguntei a ele por que Xangai. De onde veio a ideia. Seu sonho remoto e estranho. Em algum livro, um filme, um documentário? Quando ele morreu, tentei reproduzir compulsivamente a sua receita de torta de salmão. Três, quatro, cinco vezes. Sempre faltava alguma coisa, um sabor doce e profundo que eu não conseguia recriar. Não tinha coragem de jogar fora nem de comer. Atirava a colher de pau na parede, frustrada, depois observava por horas o salmão escurecendo, secando, emanando um cheiro pungente, até meus pais gritarem para jogar tudo no lixo.

Não se notava o Natal nas ruas chinesas. Era um final de dezembro fora do tempo. Jantei no hotel, coisas compradas no supermercado. Na manhã da véspera de Natal, uma vendedora segurando um prato de petiscos me deu um tapa na cara quando peguei um: eu devia ter esperado ser servida com os talheres adequados.

— Não sabia — sussurrei, humilhada.

Saí no frio com a bochecha ardendo.

À tarde, explorei centros comerciais titânicos repletos de estátuas de personagens de histórias em quadrinhos feitas de vinil. Das lojas de roupas no térreo, passando pelas papelarias e lojas de brinquedos e eletrônicos nos andares intermediários, até o último andar, com seus restaurantes de luxo. Andei para lá e para cá, olhando objetos diversos, como se estivesse em um labirinto, procurando um sentido, um destino. As luzes eram amarelas e violentas. Garotas vestidas de personagens de mangá choravam com suas roupas espalhafatosas. Na loja de artigos para a casa, vi pás de juntar lixo com crocodilos de plástico no lugar dos pegadores e também um grande capacho rosa-choque que dizia YOU MUST STAY UNTIL THE END, e eu não sabia nem o que répteis têm a ver com faxina, nem se "você deve ficar até o final" era uma frase assustadora ou aconchegante.

Saí todas as noites. Nos bares atrás do templo, na penumbra, cercada de velhos que comiam vorazmente e cuspiam minúsculos ossos de animais em suas mesas, comi sopas escuras e pesadas. Com a colher, pescava pequenos pedaços de pássaros e cogumelos pretos viscosos. Bebi muito mais saquê do que a quantidade recomendada pela bula dos meus remédios, sentada no fundo do bar para estrangeiros atrás do colossal hotel cor de merengue que custava cinquenta mil dólares a noite.

Às vezes, bêbada, caminhava até a Poxx, mas não descia as escadas. Espiava do alto e voltava a caminhar. As ruas do distrito de Luwan pareciam embaçadas em meio à minha embriaguez. O céu se misturando às calçadas enormes, molhadas de chuva, e aos chalés reformados em estilo francês. Fachadas pálidas de madeira de cerejeira, janelas frias de museu, casas dos anos 20 feitas para os ricos ou expoentes do partido ou gente do tipo. Eu tinha ânsia de vômito e tudo desvanecia, tipo um lugar do qual nos lembramos por um tempo até ser abandonado pela memória. Algumas pessoas me viam cambalear e me cumprimentavam rua afora, semblantes escuros que se abriam em sorrisos, e eu olhava para o outro lado por não saber se era gentileza ou piedade.

Passei a noite de Ano-Novo caminhando por horas pelo quarteirão, até a Nanjing Road, um punhado de luzes e cores contrastantes que se abria no meio da escuridão. Letreiros luminosos sobrepostos, intermitentes. Em um quiosque na calçada, uma garota com sobrepeso vendia docinhos vestida de Minnie. Atrás dela, uma estátua gigante de Molly, a boneca de vinil vendida em máquinas que pescam brinquedos, daquelas com garras de metal, espalhadas por toda a cidade. Casaizinhos de vinte e poucos anos paravam nessas máquinas, apertando botões e jogando, tentando adivinhar o que sairia delas.

Antigamente, essa era a rua do prazer. De putas a bons preços e comidas importadas. De meninos magrelos vendidos às fábricas para trabalhar quatorze horas por dia até morrerem como pombos, de repente, a caminho de casa, em uma esquina qualquer, suja de mijo e restos de animais. Também tinha aqueles que ninguém queria: crianças nascidas por engano da luxúria, resíduos de amores vorazes e sem planos, geradas em um abismo de fome e miséria, depois afogadas nos canais de escoamento — entre 1920 e 1940, vinte e nove mil corpos foram tirados dessas águas —, e mulheres-brinquedo, com rostos redondos e rosados, que saíam dos seiscentos e sessenta e oito bordéis do quarteirão como sombras nos becos escuros, amontoadas e se debatendo como cardumes de peixes, enquanto tudo gritava ou gemia, porque o barulho que a vida faz é, muitas vezes, parecido com um grito de ajuda. E assim elas seguiam em frente, tomando cuidado ao passar por cima dos corpos das crianças, com suas peles cinzentas e dentes brilhantes como quartzo.

Ao que parece, gêmeos têm uma conexão interna e seus cérebros acendem em uníssono, como luzinhas de Natal. Comigo e Ruben não era assim. Não percebi a sua morte antecipadamente. Nem no dia, nem no momento. Não percebi com antecipação nem o seu primeiro beijo trêmulo em uma ruela atrás da Piazza Navona, nem o seu desejo de ir à China, nem a sua resignação por não poder mais ir devido ao avanço da doença. Meu amor por ele nunca me dava informações sobre o que sentia ou sobre o tempo que restava. Era um amor opaco. Aconteceu em uma manhã e basta, eu estava no banheiro do seu quarto, escovando os dentes, e quando voltei ele estava morto. Morreu enquanto eu escovava os dentes. Energicamente, porque os dentes do fundo estavam cheios de farelos de biscoito. Eu tinha planejado beijá-lo no último instante antes da morte, um pequeno beijo sobre cada um dos olhos, para conservar a sua alma dentro de mim — uma tradição dos antigos romanos. Em vez disso, ele morreu enquanto eu abria e fechava a torneira, a dois metros dele, e olhava o meu próprio rosto no espelho. Havia uma mosca se debatendo no vidro. As enfermeiras arrumaram o quarto e, naquela opacidade, saímos da clínica todos juntos.

Cheguei a um edifício parecido com um mausoléu. Eu me lembrava de vê-lo no meu guia, mas não recordava a sua função. Trezentos e trinta e três metros de branquidão cintilante, sufocando o céu negro. Aos seus pés, uma mulher em uma cadeira de rodas não se movia, apontando para mim apenas um dos olhos, que parecia feito de mármore, totalmente cego.

20.
GARGANTA

Na manhã de 3 de janeiro, Xu reapareceu. Uma mensagem enquanto eu tomava banho. Agarrei o telefone, encharcada. *14h30 na frente da sua casa. Vou te levar num lugar.* Dessa vez nos veríamos durante o dia. Me perguntei, não sem temor, se isso indicava uma mudança de luzes em nossa relação.

Duas horas depois, ela estava em pé diante do meu hotel, usando um vestido roxo, marcante, com mangas bufantes. Acenamos para um táxi. Ela deu instruções ao motorista, instruções cheias de consoantes nasais. Sempre que Xu falava rápido eu não entendia nada; na minha cabeça as suas palavras significavam aquilo que eu queria:

um endereço se tornava um elogio, uma ordem de entrar à direita era uma declaração de amor.

— Esta é a minha namorada, ela não é belíssima? — Xu disse naquela tarde ao taxista, ou pelo menos assim eu tinha decidido. Sorri para ela, sorri para a frase que ela não disse, os bairros ocidentais se desfazendo e se transformando em uma periferia cinzenta.

O carro parou. Uma mulher nos olhava de uma sacada, severa, atrás de uma muralha de camisetas desbotadas. Reconheci o rio, cinza e imóvel como um estacionamento. Diante de nós, havia um armazém enorme. Entramos. Dentro tudo era madeira velha, apodrecida, vigas frágeis e feixes de luz que vinham das janelas, boa parte delas gradeadas.

— É uma fábrica têxtil abandonada. Depois virou centro comercial, depois ponto de encontro de uma seita na qual te ensinavam palavras mágicas pra você usar quando estiver a ponto de um colapso nervoso. Depois, acho que virou uma espécie de estábulo. Então os animais morreram. Por um tempo ficou repleta de caveiras e colunas vertebrais. E depois, nada, não é nada hoje em dia. Todos os lugares em Xangai se transformam em outras coisas em algum momento. Depois, em outras e outras coisas. Até não serem mais nada.

— Já percebi.

— Uma cidade onde nada se mantém o mesmo é uma cidade perigosa.

— Em que sentido?

— Não se pode confiar. Não se pode estar tranquila. Você gosta daqui?

— Não sei.

— Como não sabe?

Ela estava com olheiras e um semblante cansado. O que teria feito na noite passada? E na anterior? Estive para questioná-la, mas a pergunta entalou na minha garganta.

Xu tirou minha roupa lentamente. A camisa azul que era de Ruben. A saia um pouco apertada. Seus dedos, pequenos e brancos como larvas, abriam botões com lentidão. Fechei meus olhos sob o sol tênue, invernal, que chegava até meu rosto através de uma minúscula fenda na parede. Xu continuou falando de lugares que se tornavam outros lugares. Lugares que, afinal, são apenas carcaças. Resíduos. Símbolos. Suas palavras eram lânguidas e pastosas, vinham de um lugar que era quase um sonho, um lugar onde as emoções são apenas os restos de outras emoções passadas. Assim, quando terminou de tirar minha roupa e me disse "ti amo", eu sabia bem que não era para mim, que era uma frase para outra ou outro, de outra ou de outro, o eco impessoal de uma recordação, como a luz ácida que permanece sobre a retina por alguns instantes depois de termos olhado para uma luz forte, e me virei para o lado, nua e abraçando os joelhos.

— O que você está fazendo? Vira pra mim.

Me virei e, só então, vi os outros.

Silhuetas negras, que se moviam febrilmente do outro lado do ambiente. Seus movimentos eram ágeis, reptilianos. Trepavam, se beijavam friamente. Como não notei? Meu desejo por Xu era tão forte a ponto de apagar todas as outras coisas? Olhava de longe para eles, desfocados, iluminados apenas pelas luzes da rua, filtradas pelas janelas. Corpos angulosos, impassíveis, impermeáveis ao amor. Vez ou outra, uma risada gutural rasgava o silêncio, e um abraço se rompia. Um corpo escuro, dobrado em si mesmo, chorava em um canto. Um outro corpo, embaixo das escadas, se encolhia como um verme, seu sexo escondido entre as pernas.

— Quem são eles?

— Relaxa. São pessoas como nós.

— Em que sentido?

— Pessoas que não sabem onde devem estar. Pessoas que não estão em paz consigo mesmas.

— Parecem drogadas.

— É só a pílula amarela. Depois te explico. Vamos procurar um canto mais escondido.

— Não, não gosto desse lugar — eu disse.

Me sentia como no primeiro dia da pré-escola: sozinha e confusa diante da presença dos outros, da súbita consciência de ter de viver em meio a outras pessoas. Queria estar com Xu, só com Xu, e queria que ela quisesse o mesmo. Riu. Ria de mim. Seus dentes eram como granitos: lápides sem inscrições.

Ela me pegou pela mão com força e me levou para um canto, sob uma escada de ferro. Fez com que eu me deitasse. Senti cheiro de poeira e de alguma coisa mais elegante, como se um perfume caro tivesse sido derrubado em algum lugar.

— Agora, faz o que eu disser.

E se minha tristeza, a tristeza que atribuo por comodidade à perda do meu irmão, fosse na verdade uma tristeza mais antiga, um hábito de sentir que só existe para uso e consumo dos outros?

Vivi aquela cena como se fosse um episódio de uma das tantas séries que eu assistia. Como se o sentido daquilo que acontecia pudesse ser decifrado somente sob uma convergência precisa de luzes, palavras, enquadramentos e episódios anteriores. Fechei os olhos. Se fosse mesmo uma série de tevê, eu teria a obrigação de fazer alguma coisa. De levar a cena adiante. É isso que fazem as personagens. Agem. Têm o controle. Mas eu não agia, não controlava nada. Estava à disposição de Xu. Da sua boca. Das suas mãos. Eu existia só para ela. Para os seus dentes que brilhavam nessa luz sombria. Dentes de um monstro esplêndido, um monstro qualquer, tornado lendário por um conto de fadas simples e deprimente: a minha vida, a minha vida sem o meu irmão.

Seus dedos eram frios e precisos. Ela tirou meu sutiã novo, azul com unicórnios, e agarrou meus seios com as duas mãos. Todo gesto seu, mesmo que erótico, era peremptório, como se feito por um policial. Queria perguntar mais sobre a fábrica, mas, toda vez que estava prestes a falar, uma música parecia vir lá de fora, triunfal, cheia de sopros e metais. Então, silenciava. E recomeçava, contra os vidros. Cada vez mais forte, como uma pegadinha cruel. Nos deitamos nuas no chão.

Não podia acreditar que Xu tinha escolhido justo a mim. Eu, que tenho fome de atenção, como um cachorro. Atenção de qualquer tipo. Melosa, compreensiva, maldosa. Sou assim desde sempre. Pegue a coleira, puxe meu pescoço com força, e te olharei com ainda mais devoção. Uma vez, aos nove anos, os amigos de Ruben foram até a nossa casa para jogar PlayStation com ele e começaram a me perguntar quais eram os meus jogos preferidos, e eu fiquei tão lisonjeada com aquele fluxo de perguntas dirigidas só a mim que, para não interrompê-los, segurei a vontade de fazer xixi até me mijar toda.

Trepamos por horas, Xu e eu. Fizemos pausas para comer carne desidratada e beber suco de lichia. Lá fora, pelos dutos de ventilação, o céu amarelado e nebuloso parecia não registrar a transição entre o dia e a noite. Tudo o que antes acontecia no mundo exterior agora acontecia dentro de nós. De vez em quando, uma lasca cutucava nossa pele e nos distraía. Vozes estridentes lá fora se misturavam e soavam como cacos de vidro. Uma buzina. Coisas que nos lembravam que havia um mundo inteiro além das nossas peles: uma lamúria que requisitava a nossa atenção e que nos puniria se não a escutássemos.

A noite caiu e nos tornamos sombras. Xu levantou e, saltitando, foi acender as luzes. O armazém decadente se coloriu uniformemente de amarelo, como um desenho pré-escolar. Eu estava cansada, exausta de todas aquelas horas de prazer e de sentir meu corpo, o meu e um outro. Mas ela ainda estava cheia de energia, tinha os olhos brilhantes e um sorriso compulsivo.

Xu esvaziou sua bolsa, de onde saíram batons e cremes para o rosto e um dicionário eletrônico e, por fim, um dildo rosa coberto de glitter: um acessório de silicone com cor de intestino de Barbie. Sob aquelas luzes de necrotério, emanava uma alegria grotesca. Uma energia rosa fluorescente. Não precisávamos do dildo. Disse isso a ela. Não me escutou. Vestiu-o com uma cinta, me olhando séria. Ajustou e fechou a fivela. Do lado de fora, recomeçou a música. Frívola, celestial, uma repetição obsessiva de um sentimento de gratidão.

— Sabe, a partir dos quatro anos cresci com minha avó. Ela não era má, mas também não gostava de mim. Preferia minha prima Ling. Todos preferiam Ling. Ela era mais bonita e deveria ser a única menina da casa.

— Tenho certeza que não era mais bonita que você.

— Oh, acredite. Era sim, e como. Todos viviam ao redor dela e faziam elogios. Quando minha tia me deu de presente de Natal um vestido todo rosa e rendado, Ling começou a chorar, porque só ela podia ser bonita.

— Que absurdo.

— Então minha avó me pegou pelo braço e me arrastou até o meu quarto. Lembro que estava muito escuro... Tinha chovido por dias... Tantos dias que a água tinha transformado o jardim num pântano... As folhas marrons voavam contra a janela do meu quartinho... O vidro sujo... O meu quartinho nojento, todo sujo... Lembro como se fosse ontem...

Xu me olhava do alto, de olhos entreabertos, uma silhueta escura com um pau cor de guloseima.

— Me lembro do escuro e dos seus olhos escuríssimos. Nunca tinha visto olhos tão escuros, Ruben, pode crer... Então, ela pegou a tesoura e... cortou meu vestido em pedacinhos.

De repente, a voz dela foi se tornando insolente e agressiva, como a de uma menininha que tenta segurar o choro.

— Sinto muito — eu disse.

— Shhh. Não quero compaixão. Estou só esclarecendo as coisas.

Ela se ajoelhou, com olhos úmidos, bem perto de mim, que começava a sentir frio por ainda estar nua.

— Que coisas?

— Todas. Os buracos. Os buracos, boba.

— Buracos?

— Os buracos nos quais fixamos os pregos que sustentam as relações amorosas. Você está tremendo. Espera.

Xu se deitou sobre mim, na contraluz, como uma alienígena de plástico da Mattel. A boca longa, as omoplatas salientes, os seios pequenos e branquíssimos. No lugar dos genitais, uma comprida bala de goma rosa-choque. Ela riu como se ri de madrugada em uma rua vazia. Depois, segurou minha cabeça e empurrou até o meio das suas pernas. Lá fora, já era noite escura, não havia barulho, e eu só queria voltar para casa, assistir séries de tevê até adormecer e cair em um sono de sonhos incolores.

Enquanto segurava minha testa, ela mordeu minha orelha. Um pouco forte demais. Senti uma gota de sangue escorrer para o pavilhão auricular, fazendo um barulhinho que me comoveu e me assustou. Depois, outra gota.

— Vai ficar tudo bem — disse Xu, com voz dura de menina acostumada a ficar sozinha, enquanto os meus lábios envolviam com firmeza o pênis cheio de glitter.

21.
PULSO

Durante dias, estive tão subjugada pelo que vivemos na fábrica têxtil, por aquela estranha mistura de prazer físico e confusão mental, que não conseguia pensar em mais nada. O olhar severo dela, o pau de silicone, a história detalhada sobre a avó. Conseguia até visualizar a tesoura de cozinha, as lâminas robustas, incendiadas pelo sol de outono enquanto a velha abria um sorriso amarelado, o objeto afundando e rasgando o tecido. Era como se tivesse presenciado. Uma lembrança de Xu, mas que agora se tornava minha — coisa que acontece quando se ama demais.

Nas noites seguintes, falamos muito ao telefone. Ela estava gripada e não se sentia bem para sair ou me receber na sua casa. Trocamos centenas de vídeos de gatinhos. Havia tanto carinho entre nós, entranhado sob a ferocidade, que, no fim das contas, senti que não precisava me preocupar. Talvez ela não fosse fiel a mim, mas também nunca tinha me feito mal de verdade. Nunca. Eu ficava repetindo isso para mim mesma. E acreditava. Mas o amor obscurece os detalhes, generaliza nosso jeito de ver as coisas, censura os sinais que indicam a aproximação do perigo.

Certa tarde, Xu me presenteou com um catálogo fotográfico de Zhang Lanpo. Fotos incríveis de fetos minúsculos, em preto e branco, embalados por grandes esqueletos em alcovas feitas de folhas. Rostos queimados com pálpebras inchadas, lábios sorridentes, uma alegria lúgubre. Estávamos no parque Jing'an, em meio a esculturas surrealistas. Larguei o livro sobre um banco e tiramos uma selfie embaixo de um enorme balde metálico, suspenso no vazio, do qual saía uma cascata de pequenos baldinhos.

Ela me levou em outra fábrica, uma menor, próxima do M50, o complexo de museus encravado em meio a um labirinto de armazéns em ruínas. Foder em meio aos destroços desses lugares, que antes foram outros lugares, e depois se tornaram ainda outros, até deixarem de ser qualquer coisa, era maravilhoso. Deitada no chão empoeirado, eu tinha a cabeça vazia e leve como um copinho de plástico, daqueles coloridos e com medidas de mililitros. Quando éramos pequenos, eu e Ruben bebíamos em copos assim. Torcíamos o nariz para o sabor amargo que a água adquire no plástico, mas continuávamos querendo por causa das cores. Crianças são obcecadas pela forma e indiferentes à substância. Xu sorria enquanto tirava a minha roupa e apoiava minha cabeça em um degrau. Abria a boca, começava a me saborear.

O amor não deveria deixar cicatrizes, marcas insensíveis e brilhantes, mais duras do que a pele. No máximo, deveria causar feridas brandas, que rapidamente se fecham.

Como aquelas que acontecem quando somos pequenas e caímos do balanço, quando nos lançamos ao céu com as pernas bem esticadas e o céu nos joga no chão. O amor não deveria fazer mal. É o que dizem as séries de tevê. Nelas, um relacionamento ruim só gera cenas mais lentas, com trilhas sonoras dramáticas e marcantes, que parecem sublinhar os pensamentos, mas que logo, em poucos segundos, nos levarão a outras cenas e outras paisagens. Quando reabri os olhos, Xu estava dentro de mim. Era parte do meu corpo. Pele com pele. Uma infiltração. Gemia com impaciência. Cravei minhas unhas nas costas dela e seus cabelos curtos suados caíram na minha boca, como sanguessugas.

Depois do sexo, fomos ver algumas obras de arte, ainda suadas. Dezenas de galerias dentro de prédios decrépitos, escadas que levavam a salas fechadas e becos sem saída. Mulheres com expressões ousadas pintadas nas paredes, com longos cabelos vermelhos que se espalhavam pelos ares como um incêndio. Uma loja fechada com manequins sem rosto na vitrine, vestidos com luxuosos qipao, os braços erguidos como quem pede ajuda. Na galeria mais ao fundo, havia antigas pinturas chinesas sobre as quais eram projetadas mulheres holográficas, de cabelos azuis, que caminhavam sobre arranha-céus ou os olhavam de longe, como se hipnotizadas, ausentes. Olhei meu pulso para conferir as horas, mas eu já não usava relógio fazia mais de mês. No lugar dele, eu trazia a marca vívida e feroz dos dentes de Xu. Um pequeno ideograma que não comunicava nada. Um garoto, na bilheteria, olhou para o meu pulso e disse:

— Ei, está sangrando.

Em 27 de janeiro, no decorrer de um único dia, chegou o inverno. O céu ficou esbranquiçado e o vento passou a soprar gelado. No jornal, havia uma foto mostrando carpas pretas em pleno voo. Um paredão de peixes, aglomerados e reluzentes como tinta, que saltavam da água para cair direto em uma grande rede, pronta para capturá-los. Outra foto mostrava turistas sorridentes com celulares nas mãos, excitados com aquele instante de vitalidade à beira da aniquilação. Era um artigo sobre a sopa de peixe de Qiandao. *Se trata de uma carpa prateada, cultivada em criadouros, de uso muito comum em sopas na China por sua cabeça particularmente grande, que pode pesar até quatro quilos. É servida com tofu, bambu, coentro e presunto. Se os turistas relevarem a imagem mental de uma cabeça de peixe com olhos arregalados que te encaram do fundo de um caldo leitoso, descobrirão uma verdadeira delícia.*

Naquela noite, dormi no sofá e acordei com uma mensagem de Xu. Dizia: *526*. E depois: *25873*. Observei perplexa os números na tela. Toda vez que me aproximava de Xu, um novo filtro se interpunha entre nós, um novo código cansativo de se decifrar. Respondi: *?* E ela: *58*. Pesquisei na internet e descobri que os chineses com menos de quarenta anos com frequência usam números no lugar de frases que tenham o som similar. Chamam de língua marciana, mas exprime as coisas mais comuns da experiência humana sobre a Terra. 526: *tenho fome*. 58: *boa noite*. 25873: *me ame até a morte*.

No sábado seguinte, jantamos em uma taberna perto do meu hotel. Tomamos um caldo escuro, com cheiro de desinfetante. Uma garçonete deslumbrante, toda vestida de azul, entrava e saía da cozinha interna. Fotografei ela pelas costas, os cabelos reluzentes e a bunda pequena. Xu me lançou um olhar crítico, então apaguei a foto. Por toda a rua, até chegarmos ao metrô, não falou comigo. Quando perguntei, como uma menininha de seis anos, se ainda me amava, ela soltou uma meia-risada.

— Vai pra casa — disse entre dentes, não me olhando na cara. Dormi mal e sonhei que as coxas de Xu eram como peixes, encharcadas e escamosas, e eu as acariciava com ternura e temor. Às oito, acordei sentindo febre. Mas não, não tinha, o termômetro marcava trinta e seis. Me sentia adoentada em um modo mais sutil, irreconhecível. No jornal, a foto de uma catedral submarina no fundo do lago de Qiandao, aquele dos peixes cabeçudos. Era um cemitério de uma época distante.

22.
PEITO

Dormia pouco. Não assistia mais séries de tevê, porque não conseguia me concentrar. Acordava de madrugada com um sabor estranho na boca, úmido e ferroso, gosto de carro abandonado. Segunda pela manhã, no curso, encontrei uma casca de inseto no meu blusão. Era lisa e perolada. Empurrei delicadamente com o dedo, mas ela não queria se desprender do meu peito. Mais tarde, foi a vez de encontrar um mosquito assustador no vidro do boxe durante o banho. Quando o esmaguei, espalhou mais sangue do que eu esperava. Depois, à noite, ao adormecer, senti uma pequena aranha sobre a boca, seguida de uma sensação suave e vaporosa: uma teia de aranha. Os insetos aumentaram ao longo dos dias. Alguns estavam realmente lá, com outros eu sonhei. Uns escorregavam sob as portas, outros pela fresta que separa o sonho da vigília. Essa rachadura estava se alargando desproporcionalmente, como uma ferida não tratada. Baratas cor de piche, velocíssimas, corriam pela sala e depois desapareciam sob os móveis. Moscas sutis, evanescentes como poeira em pleno voo, me seguiam no metrô, gravitando ao redor da minha cabeça. Formigas vermelhas seguiam os meus passos até o supermercado. Insetos de todos os tipos. Emergiam da escuridão para a luz crua do meu quarto, alarmados pela fome.

O dedetizador veio e esperei do lado de fora, observando as placas verdes das saídas de incêndio. Me perguntei por dias que significado esses insetos tiveram. Nenhum, naturalmente. Eles não eram aqueles com que sonhei nos primeiros três meses após a morte de Ruben, todas as noites, enquanto me debatia com o luto como se fosse uma ressaca. Eram insetos e basta. Existiam para si mesmos, para a natureza, e não para me transmitir qualquer mensagem. Minha mente estressada, porém, era uma espécie de aspirador de pó que recolhia todo símbolo, todo grão de tudo o que eu vivia. De repente, sentada desconfortavelmente no tapete cinza, entendi com clareza que um limite havia sido ultrapassado na minha relação com Xu, mesmo não sabendo exatamente que limite era esse. Entre meu corpo e o dela. Entre a autoconservação e a entrega absoluta. Agora que o limite tinha sido superado, tudo podia ser feito. Comigo. Com o meu corpo. Uma força imparável, mais forte que os meus pensamentos, me obrigava a obedecer. Por causa dessa nova e excitante fraqueza, eu a segui até o matadouro naquela tarde sem dizer uma única palavra.

Hailun Road era cheia de estradas largas e esburacadas. Tipo um velho com os olhos diluídos no vazio. Xu estava vestida como se fosse uma puta preguiçosa e maravilhosa, saída de um filme japonês dos anos 90. Um quimono rebuscado, cor de Coca-Cola, e shorts minúsculos. Tento me lembrar de tudo, cada ponto da linha do tempo do meu amor por Xu, pontos lógicos e pontos simbólicos: uma linha torcida que, como a da história cristã, está ligada a tantas promessas e a uma grande cruz plantada na terra. Paramos em um beco que cheirava a carniça. De lá, entramos pela porta dos fundos de um shopping abandonado. Era enorme. Tinha letreiros luminosos em inglês, coloridos e desligados, que proclamavam o amor pela vida. ENJOY LIFE. I WILL GIVE YOU ALL MY LOVE. ALWAYS BE HAPPY. Xu esperava alguém. Apoiada na parede, começou a comer um doce rosa com espirais brancas. Uma menininha veio. Era uma mulher, mas parecia uma menina. Tinha o rosto redondo e rechonchudo, o cabelo preso em tranças oleosas e um vestido cor de algodão-doce. Nos deu um saquinho brilhoso e foi embora. Xu abriu e tirou algumas pílulas amarelas.

— Chega de medo, prometo. Abre a boca — ela disse, e suas palavras roucas se alongaram em um eco monstruoso. Coloquei a língua para fora, vi seu reflexo em um espelho: estava cinzenta e fibrosa, como se tivesse sido esfregada no cimento. Me assustei. Certamente era culpa da poluição, mas a primeira coisa que pensei foi: *Foram as coisas que eu disse. Foram todas as palavras de amor que eu não devia ter dito.*

Segui Xu até a saída. Senti a pílula borbulhando na minha boca como uma aspirina, depois se dissolvendo. Me vieram à mente as mil febres da infância, febres minhas e de Ruben, nossas cabeças ferventes juntas no travesseiro. Nossos sonos suados e sem sonhos. Caminhamos ao longo do rio. Na outra margem, havia uma série de prédios abandonados. Fazia um silêncio ronronante, cortado por velhas motonetas raquíticas, distantes, e risadas gélidas abafadas pelo vento. Passamos por uma série de quitandas que vendiam bulbos terrosos e pequenas maçãs marrons. Em seguida, lojas de estofados. Montanhas de tecidos empoeirados, empilhados nas calçadas. Uma barraca que vendia meias com o ideograma da sorte de cabeça para baixo costurado no tornozelo. Uma noiva, toda paramentada diante de uma casa, esperava algo em uma cadeira vermelha, o olhar ausente, com o véu emaranhado caído sobre o asfalto.

23.
PELE

Chegamos quando o sol começou a se pôr. O matadouro era enorme. Um monolito negro de aço e concreto, repartido por colunas obsessivas, robustas, e por grades que se estendiam pelas paredes como mandíbulas, indo até o beiral do telhado. Longas escadas se contorciam até o topo, entre as paredes da prisão, todas com cinquenta centímetros de espessura e ocas, para controlar a temperatura: os corpos dos cordeiros, enquanto subiam rumo ao alto, tinham que dispersar o calor, atingir o frio adequado para o abate. Xu já havia me explicado tudo no metrô, especificando que não queria ser interrompida. Falava lentamente, dissecando os detalhes históricos e estéticos daquela matança, enquanto, a cada parada, o vagão se enchia de outras pessoas, com rostos brancos inexpressivos e roupas da moda, os corpos colados uns nos outros. Projetado nos anos 20 especificamente para uma cidade amoral como Xangai, fragmentada em concessões internacionais, o novo matadouro nasceu para oferecer carne da mais alta qualidade a todas as comunidades estrangeiras. O massacre deveria ocorrer de acordo com os mais altos padrões ocidentais de eficiência e em um cenário de impecável elegância europeia. Novas técnicas de vanguarda, um novo conceito de higiene, nenhuma economia, tudo em um elegante edifício art déco que, no seu interior, se transformava em um tortuoso labirinto modernista. Graça ocidental por fora, uma psicose de abstrações e concreto por dentro. Quatro andares que se entrelaçavam em torno de um eixo central, inundado pelo sol: o palco onde os corpos eram abatidos.

— Está sentindo? — Xu me perguntou sobre as pontes que se cruzavam entre si. Era um labirinto que não levava a lugar nenhum. Se entrava por salas escuras e depois se saía através de um emaranhado de caminhos de concreto que se encontravam e depois se dispersavam. Além das treliças, estava um panorama desolado de arranha-céus e edifícios no estilo anos 70, sob uma luz viscosa.

— Não sei. O que deveria sentir?
— Eu te disse. O medo some.
— Mas eu não estava com medo...
— Impossível. Sempre se está com medo. É o medo que nos leva a viver, a sair da cama de manhã. O medo da morte, do passar do tempo, de fazer escolhas erradas...
— Não é verdade. Nem tudo é movido pelo medo.
— É sim. Até nós estamos juntas por medo.
— De quê?
— Da solidão, por exemplo.
— Não. Eu estou contigo por amor.
— O amor também é medo, se olhar de perto.

— O que você está dizendo? Medo de quê?

— Do que você pensa, do que eu penso, de quanto tempo eu posso levar pra te deixar. Você me ama porque tem medo dos efeitos das minhas ações em relação a você.

— Não faz sentido.

— Sim, faz sim. Não seja ingênua. O amor vem da ausência. Da inconstância. Nos intervalos em que o outro não está presente, cresce a semente do medo. O medo de que nunca mais volte. E o medo germina e vira amor.

Por alguns instantes, pensei no que ela dizia. Recuperei seu raciocínio na minha cabeça, enquanto percorríamos as pontes que entravam e saíam das grandes salas escuras. Segui o seu raciocínio e percebi que era arriscado segui-lo. Segui-lo até o fim.

— Cínica. O amor não é só isso.

— Consegue ouvir o tom da sua voz? Você parece calma. Já está fazendo efeito.

Caminhávamos no interior do prédio. Paramos em uma escadaria.

— Você fica ainda mais sexy quando não está tremendo como uma menininha. Deita e fecha os olhos.

Me deitei no chão frio e áspero.

— Me fala qualquer outra coisa.

— Sobre amor?

— Não. Sobre este lugar.

Xu se aproximou do meu ouvido. Suspirou. Então, enquanto me acariciava, contou tudo. Após ser desativado, o matadouro se tornou uma planta industrial e depois uma empresa farmacêutica, que foi abandonada em 2002. Depois, o Instituto de Design e Pesquisa de Xangai decidiu restaurar o lugar e transformá-lo em centro cultural. Não deu certo. Era um lugar obscuro e inóspito, que gerava pensamentos desesperados na cabeça de quem entrava. A luz do pôr do sol inundava o prédio a partir de baixo, entrando pelo piso de vidro do andar de cima, como se a luz não fosse um produto do sol, mas algo incômodo: um experimento. Ali, nos mexíamos como cobaias em meio à escuridão fatiada pela luz, nas pontes estreitas que emergiam do lado de fora e depois entravam de novo, em contorções internas feitas de ferro.

Com o tempo, surgiram cafeterias, hoje todas fechadas. Pequenas lojas de roupas bizarras, hoje fechadas. A estrutura de conservação das carcaças se tornou um restaurante de luxo onde não vai ninguém. As garçonetes usavam vestidos vermelhos brilhantes que reluziam ao meio-dia, como a plumagem de pássaros estranhos. O primeiro andar era um clube social para chefes e executivos da Ferrari. Eu não conseguia imaginá-los falando sobre carros e velocidade, sobre o lado exterior da vida. Tudo ali era interior. Naquela cidade, naquele matadouro. Se fechasse os olhos, imaginava a dor dos cordeiros misturada com a fome milenar dos chineses, sua filosofia surpreendente, os jardins suntuosos, as esbeltas imperatrizes com seus pés pressionados por pedras. Em Xangai, não se pode imaginar nada, porque nela já se tem de tudo, e tentar pensar em algo novo gera um excesso de imaginação que passa a te fazer mal.

Olhei ao redor. Um ofuscamento de concreto, entre grades e plantas moribundas. Rampas semelhantes a vértebras e a tendões contraídos. Um lugar que não comunicava nada bonito, nada saudável. Alguns edifícios não sobrevivem à história para contar algo: sobrevivem por engano, pela resistência cega dos materiais. Olhei para o teto, para as enormes janelas voltadas para o oeste. Xu me disse que elas existiam por duas razões: uma espiritual e uma material. Segundo o budismo, elas teriam ajudado os cordeiros no processo de reencarnação e, além disso, é para o oeste que o vento sopra nesta cidade caótica e precária, o que aliviaria o cheiro da matança. Vi os olhos frios de Xu concentrados no meu corpo, os vi estudando a minha pele, e pensei que ela tinha razão: eu tinha menos medo e a amava menos. E era um alívio. Era maravilhoso.

Durou uma meia hora. Seus dentes regulares, brancos como pérolas, recobertos de saliva, desenhavam vírgulas no meu pulso. Por um instante, pararam meus batimentos cardíacos, parou meu pensamento. Ela me disse:

— Mi piaci da morire.

Me adora de morrer. Bem à italiana, usando "de morrer" como um aumentativo. Repetiu várias vezes, como um poema banal que nos obrigam a memorizar na segunda série. *Te adoro de morrer. Te adoro de morrer. Te adoro de morrer.* Palavras de amor podem ser nada mais do que encantamentos. Fórmulas de controle. Assim como com as serpentes. Ela me mordeu um pouco mais forte. Mais alto, perto do ombro. Um gemido me escapou como se fosse uma alavanca sendo empurrada em uma máquina. Uma fricção, uma engrenagem pouco usada. Com os olhos fechados, enquanto sentia sua língua descer pelo meu corpo, imaginei os cordeiros nas suas pequenas gaiolas e chorei. Não consegui parar. Não conseguia parar de chorar e imaginar.

— Para de choramingar. Você não me ama?

— Sim... Sim, te amo de morrer.

— Então basta. Só gente fraca chora assim.

Vista assim, sobre o chão do matadouro, naquela luz opressiva, minha pele parecia diferente. Parecia uma coisa inanimada, como pele de cordeiro em sapatos e bolsas. Uma coisa para carregar por aí. Uma coisa que primeiro é viva e carente e, no fim, se torna apenas um acessório. O interesse médico pela pele nasceu só no século 16. Antes, era considerada apenas um saco inerte para as nossas entranhas, e então eles perceberam que era outra coisa.

Que respirava. Que vivia independentemente do que ela protegia. Que não era realmente um saco, mas um órgão como qualquer outro, só que mais estático. Paciente. Como um mártir imolado na pira de ossos, exposto a tudo, pronto para tudo. Para receber o mundo em toda a sua imundície desastrosa e tratar de não deixá-lo entrar.

24.
PERNAS

De volta para casa, naquela noite, tinha uma folha de papel embaixo da minha porta. Ela avisava que haveria um tufão. *Pedimos que feche todas as portas e janelas e limite suas atividades ao ar livre.* O aviso era de seis horas antes, então o apocalipse estava prestes a começar. Me tranquei por dentro, no escuro, até que tudo teve início. Durante toda aquela noite, escutei vidros se quebrando e o rugido surdo do vento. Chuva errática, oblíqua, derrapando sobre as coisas, montada no ar pesado e cinzento. Janelas vazias. Cantos e pontas de prédios recortando o céu. Céu fechado como matéria morta. Não havia luz, apenas uma multidão em movimento. Um enxame de matéria humana. Cabeças negras e guarda-chuvas esticados, como pele de anfíbio, sobre o asfalto lívido. Uma corrida de pernas e capas de chuva esvoaçantes. O ouro do templo que reluzia como se fosse a própria morte. Xu me mandou uma mensagem, mas a vibração do celular se perdeu em meio ao tremor geral. Quando vi, tinha mais outras seis. *Quando te escrevo, você deve responder imediatamente, é assim que funciona. Agora vai lidar com as consequências.*

Falei em voz alta a palavra *consequências*. Soava como o vento soprando contra algo irremovível. Paredes, edifícios. A linguagem pode ser tão agressiva e insensata quanto um tufão. Depende de quem pronuncia. Depende da carga destrutiva do pouco amor que esse alguém tem pela gente. Me meti debaixo dos cobertores. Devia ser três da manhã e minha cabeça girava. Mesmo de olhos fechados, sentia os raios azulados dos arranha-céus como mensagens vindas de céus abissais.

Passei os dias seguintes distante de mim mesma. Esse era um lugar que eu não queria mais frequentar. Xu também se manteve distante de mim. Não ligou mais. Até então, eu estava acostumada com esse empurra-e-puxa. Infelizmente, esses intervalos de silêncio não diminuíam o meu sentimento por ela. Em vez disso, o amor se espalhava em cada buraco de nossa comunicação como as raízes de uma hera monstruosa.

Pensava em cordeiros o tempo todo. Aqueles do matadouro e os do mundo todo. Pensei neles com carinho e com sentimento de culpa. Descobri que em 1.500 a.C., na China, eles eram sacrificados em massa em honra ao deus Shangdi porque simbolizavam a beleza e a verdade eternas. Dizem que o imperador Tang, em um período de estiagem extrema, transformou a si mesmo em cordeiro para ser sacrificado. Seu sangue traçou palavras humildes na terra árida. Uma espécie de poesia. Naquela noite, uma chuva torrencial teria desabado por toda a China.

Deixei de comer. Deixei de ir às aulas. Assistia séries de tevê asiáticas a noite inteira. Uma se chamava *1 litro de lágrimas* e era a história real de uma garota com um distúrbio degenerativo. Inexoravelmente, um episódio após o outro, aquela garota tímida e belíssima ia perdendo o uso das pernas, depois de todo o resto, mas a sua única angústia era se tornar um fardo para os seus entes queridos. Enquanto pai e mãe a alimentavam, ela chorava de culpa.

Um dia desses, naquela hora confusa entre a tarde e a noite, Xu postou uma selfie com Kelly no WeChat. Sorriam, com olhos felizes e cabelos desgrenhados. Era impossível dizer se haviam se beijado, se Xu teria deixado uma pequena mordida na sua nuca, se tinham acabado de emergir, como golfinhos, de uma conversa íntima e profundíssima.

Às vezes, eu saía. Caminhava até a exaustão. O bairro internacional de repente me parecia sinistro, com suas árvores hidratadas e suas escadas de mármore imaculadas, como se todo o espaço fosse uma encenação feita para confundir, para induzir alguém irracionalmente à serenidade. Desconhecidos falavam comigo de vez em quando pelas calçadas, talvez pedindo informações ou uma foto, porque sou loira e ocidental, mas o que chegava a mim eram frases partidas, incompreensíveis, como se a língua tivesse quebrado e todo transeunte tivesse um caco de vidro na boca, um fragmento de sentido, uma vibração cega das cordas vocais. Às vezes, eu também falava com desconhecidos em uma língua que não era mais chinesa nem se podia dizer que voltava a ser italiano. Acontecia nas bilheterias do metrô, quando tentava comprar uma passagem, ou no supermercado, quando pedia um baozi com abóbora. Gaguejava exausta em busca de palavras que não chegavam, permanecia encalhada em um espaço vazio, na língua franca do inconsciente, feita de lágrimas e silêncio. Desatava a chorar, sob as luzes de neon das lojas de conveniências, juntando palavras e tentando montar uma frase que parecia uma oração desolada, uma reza incompreensível, que ninguém entendia.

Dormia o dia todo. A escola continuou a me ligar, insistentemente, e o toque do telefone entrava nos meus sonhos, se transformando no alarme fúnebre de ambulâncias de cores fluorescentes lançadas nas ruas sem limites de uma cidade que lembrava Xangai, mas da qual Xu não fazia parte. Por vezes, também sonhava com cordeiros, pequenos e aterrorizados nos seus cercados, imóveis e suculentos nas mesas de Páscoa, pintados toscamente em cartões festivos.

No dia 1º de fevereiro, chegou a carta de demissão. Olhei para o céu incolor que anunciava a neve e pensei em Ruben, no azul dos seus olhos desaparecendo sob as pálpebras se fechando pela última vez, e de alguma forma entendi que ele não havia lutado. Que se deixou levar. Compreendi que me deixava levar porque ele também se deixou levar, porque nós dois somos assim, nos deixamos levar.

25.
MÚSCULOS

Xu voltou em 2 de fevereiro. Com uma de suas mensagens concisas, usuais no WeChat: *17 horas metrô Jing'an*. Reli a mensagem três vezes, enrolada nas cobertas. Eram seis da manhã. O WeChat tinha gráficos estilo anos 80, monótonos e um pouco tristes, que muitas vezes associei com suas respostas moderadas. Não tinha nem figurinhas predefinidas para suavizar as conversas. Para mandar figurinhas, precisava baixar em sites externos. Ela, por sua vez, tinha muitas: gatos com óculos, morcegos risonhos. De onde vinham? De algum outro chat, de algum outro sentimento? Às vezes, quando eu fazia qualquer uma das minhas típicas perguntas amorosas, aquelas imundas de carência e medo, tipo *Está pensando em mim?*, Xu inundava nosso bate-papo com aquelas carinhas espalhafatosas e astutas, com bichos frenéticos e sem sentido. Um idioma que esmagava, zombava, aniquilava a minha linguagem do amor.

    Andando pela rua, olhava para a tela do celular, esperando por qualquer outra palavra. Um beijo, um ícone colorido. Mas não. Nada. Ela sabia que bastavam poucas palavras para me fisgar. A conversa podia permanecer concisa, como se feita de placas de trânsito, porque minha obediência era tão imediata quanto se estivesse diante de um semáforo, a uma ordem para parar ou desacelerar. Saí do metrô e mergulhei no calor da multidão. Deixei cair meu cartão roxo do metrô e o recuperei embaixo de um assento, junto a uma massaroca de chicletes velhos. Eu já sabia que, mais uma vez, duraria um piscar de olhos. Toda vez que Xu retornava era por pouco tempo: como um prelúdio do seu próximo desaparecimento. Uma palavra errada, um choro excessivo, uma afronta, qualquer discrepância com o papel que ela havia escolhido para mim a faria desaparecer de novo. Ela era uma andorinha impassível e eu não era o seu ninho: eu estava mais para uma árvore seca, onde se pousa apenas por um instante.

    Voltamos ao matadouro. Nos dias em que Xu sumiu, não pude deixar de ler sobre ele. Aquele lugar me obcecava. Me causava ódio e me obcecava. Tinha lido todos os artigos disponíveis sobre ele, deitada na cama, comendo pirulitos e caramelos White Rabbit. Descobri que era um dos maiores matadouros do mundo quando foi construído e que, agora, era o único que restava com esse tipo de arquitetura, com a sua precisão horrível e sua veia surrealista. Descobri que o chão era assim, tão áspero, para impedir que os cordeiros escorregassem no próprio sangue. E que todos os dias, nos anos 30, ali dentro morriam mil e duzentos cordeiros após serem exauridos por uma corrida febril através de rampas escuras e intermináveis, engaiolados em cada nível, esperando a próxima rampa. Já os porcos permaneciam no térreo, porque eram lentos: para eles, a morte chegava de uma vez só, abatendo todos juntos.

— Você está com uma cara horrível — me disse Xu diante da porta, e me beijou demoradamente.

— Senti a sua falta.
— Eu também, claro.
— E então por que...
— Por que o quê?
— Não importa.

Os cordeiros eram todos marcados ao passarem por pontes muito estreitas, e mortos assim que chegavam ao topo. Depois, a gravidade drenava o sangue deles, reduzindo o peso das carcaças, fazendo com que os seus restos desmoronassem. O extermínio, no matadouro de Xangai, ocorria através de diversas pequenas cenas que se realizavam compulsivamente: era um teatro obsceno da morte, sem margem para obstáculos ou imperfeições. A funcionalidade gélida e perfeita dos matadouros chineses, sua produção mecanizada e seu senso hiper-racional haviam inspirado a estética dos primeiros automóveis. A ideia de criar um produto complexo a partir de pequenas partes. Como uma mente analisada ao infinito: uma psicanálise do massacre.

Subimos até o último andar. Não precisamos subir as escadas: havia um elevador de vidro, instalado na época em que quiseram transformar aquele lugar mortífero em um shopping. Disse a mim mesma que, no fundo, não fazia diferença entre uma coisa e outra. Seria apenas um consumismo mais abstrato, aquele das lojas: só não se veria o sangue, não se veria as crianças magras curvadas sobre as máquinas de costura produzindo as roupas. Xu apertou o número cinco. O elevador acelerou demais, senti um vazio de ar no peito. O quinto andar estava deserto. O chão era uma enorme claraboia de vidro, dividida como uma colmeia. Era o lugar onde se morria. Olhei para baixo. Se via tudo o que havia embaixo, como se estivéssemos em um céu terrível. As contorções do aço, as pontes, as faixas de luzes saindo de fendas. Transeuntes que apareciam e desapareciam através das espirais de concreto, como alucinações. Me deitei e fechei os olhos enquanto Xu me beijava. Nuas sobre o vidro, éramos banhadas por um sol patológico, fora de época, que vinha de baixo como uma brasa. Enquanto a boca de Xu percorria o meu corpo, me senti grata por ver apenas a escuridão e não a pequena e confusa morte dos cordeiros. Me senti grata por todas as coisas que eu não via. Porque não vi os corpos molhados e amontoados dos bezerros subindo esteira acima, gemendo. Porque não ouvi os choros agudos e penetrantes, sinais tanto de medo quanto de vida. Porque, mesmo que Xu não me amasse, ao menos o rosto do meu irmão ia se tornando mais nebuloso na minha cabeça a cada dia, como um céu varrido pelas nuvens.

Então, aconteceu. Ela me mordeu mais fundo, no pescoço. Machucou. Fiquei tremendo, arqueei as costas. Não consegui falar. Protestar. Pensei que um corpo humano não deveria ficar assim tão aterrorizado. Lembrei de um cervo em uma estrada rural certa noite, três anos antes. Ele apareceu de repente, na frente do nosso carro, quando voltávamos de um passeio ao Lago de Bracciano. Ruben gritou primeiro quando viu a silhueta contra a luz, os olhos amarelos e a linha do tórax. Meu pai freou e o cervo conseguiu evitar o carro com um salto ágil. Entre os halos dos faróis, eu vi tudo: o tremor, a reação dos músculos ao perigo. Apenas os corpos dos animais são feitos para serem preenchidos pelo terror. Os dos humanos, não. Somente os animais têm tanto medo, porque nada nesse mundo os distrai da vontade de permanecerem vivos. Senti a mão pequena e ossuda de Xu entre as minhas pernas, as pontas dos dedos pressionando devagar, e deixei escapar um grito.

26.
CABELOS

Gostamos de amar porque é um sentimento comestível. Depois de transferido do cérebro para a pele, para os genitais, pode ser lambido e beijado. Pode ser posto sobre a língua como uma pílula infalível. Também o ódio é comestível. Tanto um quanto o outro, depois de digeridos e expelidos pelo organismo, podem deixar terríveis traços de desejo. Toxinas sutis, lentas e indigestas. E nem sempre é possível se curar.

Íamos ao matadouro todos os dias.

A estranheza virou rotina.

A pílula amarela, as rampas sinuosas, o eco do concreto e do vidro. Antes de me morder, ela fazia elogios carinhosos à minha pele, falava sobre o quanto era igual à dela. Branca, imediatamente vermelha quando exposta ao sol. Mamilos pálidos e cheios de veias, como relógios quebrados. Éramos bonecas moldadas no mesmo molde de silicone, com pensamentos tão diferentes que apenas nossos corpos podiam se comunicar. Comunicação sem fim, que ia além da carne, em busca de algo que nunca encontrávamos.

Tudo ia bem. Cutículas, crostas de feridas, epiderme, gordura. Um pequeno ninho de cabelos loiros, melados de xampu, que recolhi do ralo do chuveiro e coloquei na sua língua assim que chegamos em uma das pontes estreitas do matadouro. Não eram oferendas, não eram símbolos de nada, não nos aproximavam de forma alguma do amor. Xu cerrava os olhos e aceitava tudo, como eu aceitava pensar nela e em mais ninguém todos os dias e todas as noites.

Ela me beijava no nariz e nas pálpebras, chupava meu cabelo como se fosse um gato. Metia uma mão entre as minhas pernas e com a outra desenhava corações nas minhas bochechas, com a ponta do dedo, depois com a unha pontuda. Antes do casamento, na China antiga, o cabelo da noiva tinha que ser escovado por uma pessoa feliz. Feliz e mãe de muitos filhos. Nenhuma exceção era permitida. Depois havia o ritual das lágrimas. Era quando a noiva via os seus pais pela última vez. Ao final, uma mecha do seu cabelo e outra do noivo eram cortadas e amarradas indissoluvelmente juntas. Aquela trança feita do cabelo de ambos era então guardada em um lugar seguro para jamais ser desamarrada. Brilhava por anos, entre poeira e arroz fermentados, soltando uma água esbranquiçada ao ser lavada. O cabelo é a relíquia mais segura porque não se decompõe. Resiste ao amor e à doença, à morte de quem o tinha na cabeça. É por isso que essa é a parte do corpo preferida para bruxarias. O meu estava guardado para Xu: espalhado na minha cabeça como flores do campo, esperando para serem podadas.

Às vezes, Xu escolhia a pele fina que subia da clavícula até a cabeça. A minha cabeça. Taí algo que ela nunca teria comido. Nem mesmo uma lambidinha. Não por respeito, mas por terror da tristeza que existe por dentro. Minha tristeza era como a dela: perigosa. Nossa tristeza era a coisa mais perigosa que já tinha acontecido nas nossas vidas. Era isso que tornava os nossos sentimentos barulhentos e não confiáveis, como trens prestes a descarrilar. Quando me olhava no espelho à noite, no meu banheiro luminoso e azulado no trigésimo primeiro andar do Starlight Hotel e examinava as feridas recentes, os vermelhões, as marcas de molares nas minhas coxas, sentia um pouco de pena de mim, na verdade muita pena, que era o mais próximo que eu conseguia chegar de sentir amor por mim mesma.

Naquele sábado, nevou. Os canteiros de flores ao redor do hotel estavam cobertos de neve. As pontas das folhas de grama surgiam como pequenos pelos em uma perna. Parei para olhar para elas, emotiva. Fiquei me perguntando o que Ruben pensaria. Daquela relação, de Xu, disso a que me reduzi. Naturalmente, ele não poderia pensar em mais nada, mas eu me questionava do mesmo jeito. Como um rito desesperado. Como uma oração. Seus pensamentos, que eram apenas o fundo cego dos meus — um asfalto de inconsciência e de medo, talvez de esperança — me perseguiam em sonhos e não me davam trégua.

Durante a noite, acordei de sobressalto. O alarme de incêndio soou loucamente. Saí descalça, atordoada, mas era um engano. O garoto de cabelo verde apareceu, com rosto cansado, se curvou sobre o tapete e apertou um botão atrás da placa de saída de emergência, bem diante da minha porta. O silêncio voltou. Enquanto ele se afastava, tive o instinto de impedi-lo, de gritar "Volta aqui, vamos conversar um pouco. Não me deixa sozinha com o meu amor por Xu".

27.
CROSTA

Eu não esperava mais ser amada. A esperança havia desaparecido junto com os últimos espasmos do inverno. Era apenas 20 de fevereiro, mas um sol pálido começava a clarear as ruas ao meio-dia, iluminando as poças da noite anterior. Comecei a seguir Xu em segredo, nos dias em que ela ficava distante de mim. Segui sua silhueta vestida de preto, seus shorts de couro sintético, a meia arrastão desfilando pelas subestações de metrô, entre o barulho dos trens, no meio de estranhos, e assim descobri que ela tinha trocado de escola. Agora, ela estava frequentando um curso na Universidade Fudan, perto da sua casa. Eu a rastreava à distância, como um vírus esperando a hora certa para se estabelecer. Olhos brilhando de medo, o capuz do meu moletom preto apertando a cabeça. Eu a seguia até o campus. Os edifícios da Fudan imitavam edifícios ocidentais que não existem mais. Colunas gregas, renascença exagerada, um pouco de barroco barato. Xu ficava imóvel por um momento na entrada enquanto o detector de reconhecimento facial se certificava de que Xu era Xu e apenas Xu, não outra coisa, e eu ficava com um nó no estômago porque aquele objeto genético irreproduzível chamado Xu era o único que eu queria, e o único que estaria prestes a me aniquilar.

É estranho quando termina a esperança de que o amor por alguém será correspondido. É estranho porque é uma fantasia que desmorona antes mesmo de você saber que a tem: a fantasia de se tornar um casal, de se sentir fundamental para outra pessoa. Já se partiu, mas você sequer sabia que ela existia. Tudo aconteceu tão rápido que apenas o corpo foi capaz de acompanhar. O tempo se transformou em algo físico, muscular. O sangue estava mais desperto do que o pensamento. As escoriações nos braços e no peito, nos dedos, tinham formado uma crosta. A pele se defendia, se regenerava, e se regenerando ela esquecia que tinha sido ferida.

A esperança acaba e tudo começa a desacelerar. O coração bate com cansaço, sufocado pelos ossos. Velhos pensamentos ressurgem, exaustos. Meus antidepressivos para melhorar o humor e a aceitação da realidade, como pontadas de instinto vital, desciam pela minha garganta, obedientes, mas não bastavam mais.

De vez em quando, era difícil encontrar um lugar tranquilo no matadouro. As garotinhas fotogênicas estavam por toda parte, com seus ursinhos de pelúcia e minissaias, rostos como se fossem de cera. Todas queriam se fotografar na mansão art déco onde morriam os cordeiros. Um lânguido teatro instagramável. Um lugar cool. Sorriam, em contraluz, com as pontes retorcidas como pano de fundo, infundindo uma falsa vitalidade naquele lugar insalubre. Às vezes, Xu e eu não achávamos um lugar para o nosso pequeno massacre, nosso massacre de amor, e dávamos mil voltas, até que ao menos o andar mais alto estivesse livre, o do piso de vidro, o lugar mais frio. Nos deitávamos e começávamos tudo de novo.

Eu me despia mecanicamente, na ordem escolhida por Xu, tão precisa quanto a que rege como cada ideograma deve ser traçado. De cima para baixo, da esquerda para a direita. Nunca os sapatos antes da camisa, nunca desenroscar o braço da manga direita primeiro. Duvidava que existisse sentido nessas regras. Duvidava que houvesse algum sentido na maioria das decisões de Xu. A única coisa que importava era reduzir a minha vontade, o meu livre-arbítrio, ao mínimo suficiente. E aquela luz no teto... Aquela luz me atordoava. Não era natural. Era pensada para que não se cometesse erros: para acentuar os detalhes da matança. Como um raio examinador apontado para você. Bem no ponto onde dói. As paredes vermelhas dentro de uma boca, os capilares estourados de um olho. Fechava as pálpebras e me deixava ser fodida.

Enquanto ela me fodia, eu apertava os olhos e respirava, sonhava com a minha infância ou com outra infância qualquer, bandos de crianças barulhentas em um gramado ao sol, um piquenique, um amor de mãe, dias que se passam entre cobertas e tranquilidade. Às vezes, gozávamos juntas, Xu e eu, um orgasmo semelhante a um tufão que dobra árvores e silencia tudo, mas na verdade eram dois orgasmos diferentes, porque eu estava ferida e ela não. Pequenas marcas de sangue se espalhavam pela minha pele. Vez ou outra, eu as acariciava, absorta e distraída, como se acariciasse uma flor que o sol não foi capaz de abrir. Era noite novamente.

No último dia de fevereiro, enquanto chovia lá fora e nos beijávamos sob uma pequena escada retorcida, vi algo no escuro. Uma sombra. Sobressaltada, me sentei no chão. Era ele. Ruben deitado em um degrau, doente, ainda vivo. Era só uma sombra, mas estava claro que era ele. Não tive coragem de me aproximar, não tive forças para gritar. Talvez tenha tomado a dose errada da pílula amarela, talvez estivesse cansada demais. E se a pílula interferisse nos antidepressivos? Permaneci enfeitiçada, seminua e sentada na escada de concreto, tentando entender por que meu irmão tinha vindo, tentava de verdade, mas fui pega pelo sono, um sono tórrido, surreal.

Naquela noite, na volta para casa, notei as primeiras flores na beira da calçada. Naquele instante, algo vibrou no meu telefone: um e-mail dos meus pais. Achei que fosse uma das habituais mensagens deles, cheias de um carinho insuportável, às quais eu nunca respondia ou respondia com fotos da cidade, fotos apáticas e desfocadas, tiradas com o celular. Mas não. Diziam que tinham encontrado, em uma mochila do meu irmão, uma carta para mim. Que eles digitalizaram e anexaram ao e-mail. Meu coração enlouqueceu. Corri para casa, bebi um pouco de vinho de ameixa e reuni forças. Abri.

28.
CICATRIZES

No espaço de dois meses, de maneira desajeitada, meu corpo se distanciou do de Ruben, tão magro e mastigado pelo seu mal, ainda vivo. A carne flácida e pálida como um vestido velho. Era março e o sol fazia a poeira brilhar sobre os vidros. Ao voltar da clínica, minha mãe costumava colocar, na terra seca do nosso pequeno jardim, flores difíceis de cuidar. Eu já procurava trabalho na China e comia pequenos biscoitos repletos de aromas artificiais. Me encostava na sacada, olhando para fora, imaginando coisas que não estavam lá e que não me lembro mais.

No funeral, em 2 de maio, na igreja gótica longe de casa, nossos pais notaram os cinco quilos a mais sob o meu vestido preto de algodão com babados. Era visível, mas felizmente eles estavam ocupados administrando emoções mais importantes. Queria lembrar melhor do sermão, dos entalhes da madeira do caixão, das andorinhas ensurdecedoras além dos vitrais, coisas assim. Mas ficou tudo nas profundezas. Asfalto do cérebro. Relances de roupas pretas, olhos, meus braços cruzados sobre a barriga, cinco quilos a mais.

Michele chegou bem cedo ao enterro, de terno cinza, e abraçou todos os meus parentes como se aquela dor realmente o tocasse. Isso me irritou tanto que me sentei a três fileiras de distância dele. De vez em quando, enquanto o padre recitava as frases rituais com cansaço, eu me virava para olhar o seu rosto fresco de menino. É uma coisa que se diz, "rosto fresco", como que comparando homens a laticínios, a produtos comestíveis recém-arrancados da carne dos animais. Michele tinha mãos pequenas e cabelos finos. Antes de nos encontrarmos pela primeira vez, conversamos pelas redes sociais por um mês. Ele tinha setenta e três amigos e só postava vídeos de cenas de filmes dos anos 60. Na foto do perfil, tirada às pressas em alguma praça espanhola, seu sorriso emanava uma melancolia inexplorada por preguiça.

Era domingo. Talvez fosse domingo quando Ruben foi enterrado. Enquanto baixavam o caixão à terra, e olhávamos para ele, e eram cinco da tarde, e Michele segurava a minha mão fria na dele, e eu sentia meus olhos secos, e tudo que se passava na minha cabeça era mais estupor do que propriamente dor, no instante em que bateu fundo, quando o caixão bateu no fundo, e o vento era suave e granulado de terra nos nossos corpos gelados sob os casacos, então era muito domingo, extremamente domingo, era como um daqueles longos domingos da infância, nos quais eu esperava alguma coisa e não sabia o quê, e os adultos tratavam de ocupar o tempo, e eu não sabia ainda que o tempo precisava ser ocupado, que era perigoso deixá-lo vazio.

Na China, enquanto fevereiro terminava e a primavera aos poucos começava, cheguei ao fundo do poço, mas daí o fundo continuou a se expandir. Era como cavar ao infinito, descendo, descendo e descendo, enquanto Xu aparecia e desaparecia, aparecia e desaparecia, como uma vertiginosa alucinação, como uma lâmpada piscando, quase queimada, e aí eu seguia escavando naquela escuridão infinita, na escuridão da minha cabeça, onde eu também desaparecia.

Me parecia que, à noite, eu podia ver Xangai por trás das minhas pálpebras, de olhos fechados. Eu a imaginava como realmente era: exterminadora e febril, cumulativa, suntuosa e miserável, infinita. Mas, na minha imaginação, a certa altura, os arranha-céus vistosos e os armazéns em ruínas se transformavam em Roma, nas suas ruínas, nos seus buracos no asfalto, na clínica linda do meu irmão. Como se o espaço não fosse uma questão de presença, de se estar nele, de estar ali em vez de estar em outro lugar, mas um conceito arenoso, que o sofrimento pode moldar ou deixar escapar pelos dedos. Quando me sacudia e saía daquele meio sono, confusa, procurava no escuro a foto de Ruben na mesinha de cabeceira. Não mais o celular. Não mais o caldeirão de mensagens de Xu. Só buscava um pouco de paz. Acendia a luz, levantava e olhava para fora. A rua sob as luzes dos postes. Até a rua é apenas uma ideia: um impulso de ir a algum lugar, para longe de quem te machucou ou para perto daqueles que te querem bem.

Era 2 de março, seis da tarde. Foi quando meu colapso mental completou um giro completo, cronológico e corporal, e me deixou com a cabeça vazia e uma série de pequenas cicatrizes que talvez desaparecessem. Algumas, certamente. Outras me lembrariam para sempre, com suas protuberâncias e texturas granuladas, do que eu era capaz de fazer comigo mesma. Uma outra escola me enviou uma oferta de emprego, escrevi uma resposta afirmativa, mas por uma hora fiquei com o dedo na tecla enter, indecisa se clicava. A certa altura, senti o telefone vibrar sobre a cama. Vibrou abafado, uma vez, depois duas, depois três, sob uma montanha de cobertores, sob uma montanha de sentimentos. Um som bruto. Sem melodia, sem pretensão de beleza. O ruído branco da minha espera, do desejo frágil e aleijado de ser amada. Saí para caminhar.

Caminhei por horas. Fui até o Parque Zhongshan. Por toda parte, havia pessoas dançando como se possuídas por uma alegria física, animalesca. Dançavam e se contorciam. Riam. Vestidas de vermelho, amarelo e azul. Logo adiante, idosos jogando majiang se curvavam sobre os tabuleiros. Mais além, pessoas cantavam a Ópera de Pequim. Velhos de setenta anos dançavam valsa. Me senti atordoada com toda aquela alegria, uma alegria prepotente e performática, uma vontade enfurecida de pôr para fora a felicidade. Eu não entendia completamente, mas era como uma droga. Era uma lembrança que quis guardar para sempre.

Jantei em um restaurante deserto no décimo primeiro andar de um shopping na Nanjing Road. Das janelas, eu podia ver Molly pelas costas: seu corpo de seis metros de altura, suas tranças negras. Uma garçonete pálida e muito bonita se aproximou. Eu não tinha vontade de falar chinês, então apontei para uma figura brilhosa no cardápio: um prato de lámen de vegetais, vermelho vivo, cheio de vitalidade. Sorri, gesticulei como se não entendesse nada da língua. Eu era estrangeira: uma estrangeira na China, uma estrangeira em mim mesma. Experimentei uma paz estranha: aquela que é liberada quando você atinge o fundo, porque a mente fica aliviada de todo esforço para não cair ainda mais.

Mastiguei devagar, sem fome, vendo crianças desembrulhando chocolates e casais se beijando timidamente.

Fiquei tentada a pensar em Ruben, mas continuei pensando no gosto azedo do molho que cobria o macarrão fino, na sensação que causava na língua. Pensei no passado-presente-futuro: para os chineses, eles são uma coisa só. Uma única planta retorcida, da qual só vemos suas flores. Admiramos essas flores graciosas e acreditamos nelas, porque não sabemos quão intrincadas, frágeis e monstruosas são suas raízes. Pensei na planta no parapeito da janela do meu quarto em Roma. Peguei o celular e, pela primeira vez, liguei para casa.

— Mamma, você me escuta?

— Meu amor, que bom te ouvir! Está tudo bem?

— Sim. Que fim levou a planta no peitoril da minha janela? Vocês regaram? Ela ainda está viva?

— Huh? Qual planta? Não sei. Nos ligou pra isso?

— Uma pilea chinesa. Vá conferir.

— Estou na cama. Não lembro de ter uma planta no seu quarto.

— Então morreu. Quando morreu, vocês conservaram ela de alguma forma? Colocaram ao menos uma folha entre as páginas de um livro?

— Basta. O que significa essa história?

— Nada. Ruben me deu. De aniversário.

Do outro lado da linha, houve um silêncio muito longo. Quando se conhece bem uma pessoa, seu silêncio é braile, nele se pode adivinhar o contorno de todas as coisas não ditas. Me manter suspensa nesse silêncio, nessa ligação intercontinental, foi como fazer uma leitura rápida dos sentimentos da minha mãe, de como ela enfrentou o luto após a minha partida. Entendi, naquele momento, que era por isso que nunca ligava para os meus pais ou atendia suas ligações. Eu não tinha forças para suportar o braile deles, os desmoronamentos e as depressões da sua dor. Porque eu já tinha a minha.

— Desculpa. Eu não liguei pra isso. Nem liguei por causa da carta. Vamos falar de outra coisa. Papai está bem?
— Sim. Sentimos tua falta. Como é Xangai?
— Mamma, os lugares são mais ou menos aquilo que vemos neles. Mudam de pessoa pra pessoa.
— Como é que é?
— Nada. Xangai é estupenda. Tudo é lindo, tudo é assustador. A comida é estranha e maravilhosa. Tem personalidade. Como se pudesse te atacar, te deixar triste ou muito feliz. Escuta, mamma. Quero te contar sobre uma pessoa que conheci.
— Claro. Conta tudo.

Falei por uma hora, até meus créditos acabarem. Depois, conversei com o meu pai. Então, liguei para as minhas duas melhores amigas: até as mensagens delas fazia muito tempo que eu não respondia. Contei a todos a história toda. Falando e falando, como um rio que transborda.

— Como disse que era o nome dela? Shu?
— Xu. Se pronuncia Xu.

Repetia o nome dela com insistência religiosa, como se também assim, ao conversar com os outros, eu a estivesse chamando, evocando, tentando alcançá-la. Sentia a garganta seca, o coração seco, me sentia como um rio seco em uma montanha remota. E eu não queria conselhos de nenhum deles. Só queria garantias banais, clichês, palavras vazias e otimistas, do tipo que se diz para quem amamos para fazer com que durmam melhor à noite. E foi exatamente isso que recebi. Uma série de "vai acontecer o que tiver que acontecer" e "fique tranquila". Uma espécie de liberação. Da minha mãe, do meu pai, das minhas amigas Emma e Olga. Desliguei o celular e o parque me pareceu diferente. Os casais tinham debandado, pessoas solitárias vagavam com cachorrinhos nervosos. Havia um sol morno e precário, continuamente assaltado por uma massa de nuvens. A paisagem, a vida, tudo de repente pareceu se debater menos com o meu estado de espírito. Me levantei. Decidi que devia fazer qualquer coisa. Eu devia isso ao meu irmão. Sua carta, em uma folha de papel quadriculada, dizia: *Onde quer que vá, estarei dentro de você. Como outra pele, mas mais profunda. Me reconheça, continue a me amar. A se amar. Não te deixarei nunca.*

29.
BRAÇOS DECEPADOS

No aniversário de Xu, em 6 de março, fomos ao Templo Donglin, em um subúrbio de Xangai. Um templo de 1308, que foi repetidamente destruído pela guerra e pelo fogo. Dentro dele, havia uma estátua de vinte e sete metros da deusa Guanyin em cima de uma flor de lótus de dois metros. Tinha muitos braços e um rosto severo e magnífico. Era a deusa da compaixão.

— Tenha piedade de mim — falei para ela em voz alta, e minha voz parecia vir de dentro de um lugar empoeirado, como o armário sujo de uma casa.

Segundo a lenda, Guanyin era uma garota que queria se tornar monja budista. O pai, que também era rei, foi contra: queria que a menina se casasse com um bom partido, como suas outras filhas. Então, ele a exilou. Anos depois, o homem adoeceu, e um monge disse a ele: "Para se curar, você deve ingerir uma poção destilada a partir dos braços e dos olhos de alguém que queira dá-los voluntariamente a você". No topo da chamada Montanha Perfumada, havia um bodhisattva, acrescentou o monge. Como todo bodhisattva, essa pessoa era devotada a viver com extrema compaixão, na busca por atingir o status de Buda. Então, o rei enviou um mensageiro, que, ao chegar no alto da montanha, descobriu que o bodhisattva era a filha exilada do monarca. A garota — de pele pálida e translúcida, corpo desnutrido e mente talvez confusa pela fome — cortou os próprios braços e olhos e os entregou para o homem. O pai bebeu a poção feita com os pedaços do corpo da filha e sua doença desapareceu. A filha, por fim, foi ao encontro dele para contar tudo o que ela havia feito, para fazer com que ele chorasse um pouco. Uma forma de sacrifício, uma forma de amor. As duas coisas se confundem quando nos amam pouco.

Naquela tarde, no matadouro, depois de me recuperar de um orgasmo e de uma conversa inútil e cansativa sob efeito da pílula amarela, olhei para as minhas mãos: eram quatro, seis, oito, como as de Guanyin. Era óbvio que eu tinha tomado a dose errada, que pílula amarela em excesso faz você sair de si mesma, como um caldo transbordando de uma tigela. Olhei ao redor. O matadouro brilhava. Um vasto e lúgubre espelho de vidro e aço, que não refletia nada. Lembrei vagamente que, enquanto Xu procurava o banheiro, eu havia aberto o pacotinho de papel alumínio que havia na sua bolsa e engolido outra pílula. Sem motivo. Sem nenhuma outra razão além de experimentar tudo até a última gota.

Tentei me levantar, mas o peso de tantos braços me fez cambalear. Alguns eram moles, sem vontade, outros tinham músculos tensos e carregavam coisas nas mãos. Armas. Instrumentos de tortura. Eu já tinha visto essas ferramentas nas mãos da estátua, mas não entendia o que elas tinham a ver com compaixão. Minha cabeça parecia uma panela velha, pendurada vazia, cheia de arranhões de tanto cozinhar. Me movia devagar. A luz, vinda do buraco no teto, era ardente, amarelo-palha. A primavera forçando o seu caminho e, lentamente, com insípida obstinação, removendo o inverno. Meu coração batia muito forte, em algum lugar no meio desse emaranhado de braços, alguns dos quais agora se cruzavam sobre o meu peito, uma miragem de resignação. Apertei os olhos: luz demais, luz demais. Vinha de cima, do átrio vazio, passando através do buraco feito no centro da estrutura para garantir uma insolação contínua, um olhar contínuo sobre o massacre. Eu não podia mais fazer isso. Não podia enfrentar a chegada de mais uma estação. As flores que se espalhavam nos canteiros das cidades, perfumadas de renascimento, o céu que se abria como os poros da pele em uma banheira fervente, a primavera que se transformava em verão, como se tudo pudesse se regenerar. Tremia, via tudo embaçado. Achei que ia desmaiar.

Xu reapareceu. Vinda do banheiro, amarela sob a luz, parecia um carrasco reluzente, e senti a verdade cair da minha boca como vômito.

— Me diz, por que você sempre desaparece assim?
— Sua voz está estranha. Quantas pílulas você tomou?
— Me responde.
— Você sabe bem o porquê. Às vezes eu preciso pensar.
— E não pode pensar comigo?
— Que bobagem. O pensamento precisa de espaço.
— Eu consigo pensar mesmo se estivermos abraçadas. Isso é espaço suficiente pra mim.
— Somos diferentes. Além disso, você sabe muito bem que só me ama assim justamente porque vou embora.
— Não tente me psicanalisar. Você não sabe nada sobre mim.

— Sei tudo, na verdade. Te ler é tão fácil quanto ler um livro infantil. Você me ama porque estou aqui e depois não estou mais. Como se eu fosse o teu irmão.

— Como é que é?

— Admita. Quando ele estava vivo, você tinha inveja dele, queria o afeto que ele recebia, a atenção que ele tinha, sua luz... Aquilo não era amor. Era um vínculo mórbido que se alimentava da sua frustração por não ser como ele. Das suas tentativas fracassadas de emulação. Mas agora que ele está morto, você finalmente pode amar ele de verdade. Porque, tecnicamente, agora você possui mais coisas do que ele.

— Você é uma monstra... Você é...

— Sou uma monstra, claro. Sou uma monstra porque sou livre, porque durmo com quem quiser, porque não quero responder ninguém?

— Não. É uma monstra porque explora a minha fragilidade, porque pega a minha dor e usa contra mim.

— Você é muito boa em julgar os outros, não é? Mas me parece que sempre tive a sua concessão... Você queria que eu machucasse. Queria punir a si mesma. Por ter sobrevivido ao seu irmão, à morte dele e à sua própria inveja... Você se pune porque sempre quis tomar o lugar dele, e o seu desejo se realizou...

Eu tremia violentamente, mas por sorte a sedação da pílula impedia que o meu corpo produzisse um pânico ardente. Xu estendeu a mão e a pousou sobre a minha bochecha, como se fosse me acariciar, mas a mão ficou imóvel, como se apenas quisesse constatar que eu ainda existia.

— Não me toca!

— Ah, para de chorar, você fica feia quando chora...

Enxuguei minhas lágrimas com um gesto raivoso.

— Vai embora! Sai da minha vida! Meu sacrifício acabou.

— Sacrifício?

— Não quero mais te ver. Nunca mais.

Ela caiu de joelhos. Na poeira, no chão sujo. Uma pose inesperada. Como uma marionete cujos fios alguém soltou de repente.

— Não me deixe, por favor — ela disse, e começou a chorar.

Tive o instinto de me aproximar, de colocar a mão nos seus cabelos e acariciá-la lentamente, como Guanyin teria feito. Como eu mesma teria feito até algumas horas antes. Mas algo rígido, irremovível, tomou conta de mim. Queria meus olhos e meus braços de volta, a carne que eu havia oferecido em troca de uma miragem afetiva. Minha mente estava confusa, assediada por imagens cintilantes: os arranha-céus reluzentes, os animais barulhentos no mercado de insetos, e até a velha fábula em que todos os animais da floresta dão algo a Buda, mas o coelho não tem nada, e então ele oferece a própria vida como presente.

Fiquei olhando para Xu, sem mexer um único músculo, sem dizer nada. Seus olhos estavam vazios, cheios de necessidade, e seu choro se agravou, se tornou mais alto e mais agudo, se transformando em um eco, repetindo infinitamente "não me deixe, por favor". Como uma caixinha de música emperrada, um apelo anacrônico voltado aos personagens que permearam a sua infância, não mais a mim. Nunca pensei que fosse assim, o choro dela. Tão inseguro, tão irremediável.

— Sabe o que eu comia quando criança? — ela finalmente disse.

— Diga.

— Cachorro. E outras coisas pra homens. Sabia que aqui as comidas são divididas em comida pra homem e comida pra mulher? Eles... queriam que eu fosse homem...

— Você já tinha me dito isso.

Ela me olhou de baixo com seus olhos úmidos. Tinha um olhar diferente, preocupado. Parecia intuir que minhas palavras agora eram mais íntegras, não mais perfuradas pelo temor e pela necessidade.

— Mas não te disse outras coisas, sabe.

— Tipo o quê?

Um baque, em algum lugar, a sobressaltou. Ela olhou ao redor. Depois, voltou a me encarar.

— Meu pai me batia muito.

— Você já me disse isso também.

— Mas não contei sobre a minha mãe.

— Não.

— Quando eu era pequena, ela estava doente. Muito doente. Foi por isso que cresci com a minha avó.

— Sinto muito — eu disse, mas na verdade só sentia por mim mesma. Um limite havia sido ultrapassado. Cada relação tem um tempo máximo dentro do qual se pode vomitar traumas e confidências, depois do qual não se pode mais pedir empatia, talvez apenas uma desapegada compreensão.

— Eu não sabia que ela estava doente, porque ela já era assim desde antes de eu nascer e, por isso, eu achava que todas as mães tomavam remédios, como gatos comem geleia de carne. Achava que todas as mães desapareciam de vez em quando, sumiam nos hospitais, e então tínhamos que esperar sem comer, senão elas não voltavam.

— Sem comer?

— Sim. Foi o que eu disse. Achava que, se estivessem cansadas, todas as mães... eram colocadas em cadeiras de rodas. Achei que todas tinham amigos inteligentes, com estetoscópios no pescoço, que vinham verificar se estavam felizes, se o corpo estava bem...

Olhei para sua expressão indefesa. Seus ombros tensos. Sua postura. Nunca a tinha visto assim. Isso me causou ternura, mas uma ternura remota, como um filme antigo de que, de repente, a gente se lembra.

— Não era uma doença grave, mas, quando minha mãe era criança, não foi bem tratada, por isso nunca se curou completamente. Então, quando eu tinha dez anos, ela piorou, e eu passei a só ver ela na horizontal, sempre na cama ou em uma maca. Por isso eu deixava todas as minhas bonecas na horizontal também. Como eram as suas bonecas?

— Feias. Com olhos mal desenhados. Preferia brincar com bloquinhos de construção junto com meu irmão. Não quero falar disso agora.

— E de que quer falar?

Tinha um sorriso triste e esperançoso.

— De nada, Xu. Não quero falar de mais nada com você. Aliás, vou embora agora.

— Não. Por favor. Você não pode sair desse jeito. Assim, chapada.

— Não finja que se importa. Você só quer que eu fique.

— Não. Eu não preciso de ninguém.

— Ainda com essa farsa? Você não vai parar? Não consegue ser sincera? Vulnerável, verdadeira?

— Você está sendo fria demais. Muito fria. Severa. Não quero.

Ela segurou a cabeça entre as mãos. Estava frágil de um modo repulsivo. Nesse momento, algo entrou pela porta. Uma sombra escura, febril, horizontal. Eram gatos. Dezenas de gatos. Eles se espalharam pelo armazém, miando. Um caminhou até Xu e cheirou a sua mão.

— Vem cá — ela implorou.

Me abaixei diante dela, que permanecia de joelhos como uma miniatura de noivos barata, fixada sobre um bolo de casamento. A beijei. Um beijo molhado e amargo. Sua boca tinha gosto de frio. Então, algo se apossou de mim. Eu mordi o seu lábio. Ela se afastou, chocada, levando a mão ao pequeno fio de sangue. Depois, estendeu a mão suja para o gato, que a lambeu. Peguei minhas coisas e saí. Xu me observou ir embora, ainda ajoelhada, com o gato ao lado. Na entrada, me virei: agora só se viam os gatos, uma massa informe e fervilhante. Ela estava nas sombras, invisível. Senti uma tristeza aguda que, milagrosamente, consegui ignorar.

Quando cheguei em casa, o Templo da Paz Divina ainda estava iluminado. Era um dia de festa; em dias de festa, tudo fica aceso. Eu não sabia que festa era. As pessoas enchiam as ruas, presas de algum frenesi. Pensei que naquela noite ainda não conseguiria dormir, mas que logo estaria melhor. Que logo tudo se ajeitaria. É sempre assim. Os canteiros de obras se transformam em lojas de doces, o excesso de carne em torno da cintura se resseca e encolhe, restituindo a forma do esqueleto. As crianças se tornam adultos, e os adultos, mais cedo ou mais tarde, param de tentar voltar a serem crianças. A infância cicatriza: endurecida, dessensibilizada, não dói mais. Os amores se tornam memórias de lugares e ações, de pedaços de corpo. Xu se tornaria uma dessas coisas. Na minha cabeça. Alguma coisa fria. Uma noção.

Na cama, não conseguia pegar no sono: havia muita luz lá fora, muita vida. No dia seguinte, falaria com a recepção e pediria com certeza para colocarem uma cortina, uma persiana. Um modo de escurecer tudo. Me levantei para beber água com gosto químico, saída direto da torneira; tinha acabado a engarrafada. Tudo lá fora ainda estava aceso. Pensei que Xangai era como um cérebro intoxicado pela falta de repouso. Pensei que era maravilhosa e que me fazia mal e que eu queria estar em qualquer outro lugar. Ser qualquer outra pessoa. Apoiei minha foto com Ruben no parapeito da janela, onde os raios festivos da rua podiam nos alcançar, nos inundando de luz.

30.
MÃOS

O amor não é uma coisa humana. Os peixes amam o mar através das guelras, um amor tão tirânico que bastam alguns momentos de ausência do mar para matá-los. Os morcegos têm rostos desagradáveis porque seus corpos sentem tanto amor pelo escuro a ponto de serem distorcidos por ele. As medusas rapidamente se dissolvem ao sol, sob um calor que elas sequer sabiam que desejavam. As formigas se movem em filas pela paixão desesperada por uma migalha. Os gatos deixam pequenas mordidas nos nossos tornozelos, nos amando com um amor que só pode ser percebido quando sobreposto à dor.

Não me lembro exatamente o que aconteceu nos dez dias seguintes. Lembro que o chão estava cheio de jornais que eu ainda não havia jogado fora. Um deles dizia que abriria uma nova cafeteria no matadouro. Na foto, havia uma fila longuíssima, rostos hipnotizados, esperando. Mas retratava um outro lugar, um outro matadouro, uma outra cidade. Lembro de assistir novamente as séries que eu já conhecia de cor. Saber as falas me reconfortava. Uma canção de ninar do cérebro. Comia verduras um pouco velhas e frutas fibrosas, nada afetivas. Pequenas maçãs amarronzadas e peras que machucavam meus dentes. Conversava com meus pais todas as tardes: nos olhávamos na tela, via Skype, eles diziam "você está mais bonita", e eu respondia com outros elogios, elogios igualmente agradáveis, e a casa deles, minha casa, ao fundo, me parecia diferente. Igual, mas mais abstrata. Como uma casa sonhada. Eu fazia caminhadas, mas só quando estava escuro. Olhava as vitrines apagadas. O dia se alternava com a noite, como sempre acontece, mesmo quando você está se desapaixonando.

Levei seis dias para decidir voltar a Roma e três para comprar a passagem de avião. Enquanto olhava para a tela, as datas e os horários possíveis me pareciam tão ameaçadores e insensatos quanto os sinais das saídas de emergência que, à noite, no corredor do hotel, às vezes apitavam sem motivo. Mas eu estava decidida. Um círculo tinha se fechado, e não importava se ele fazia sentido para mim. Quando um círculo se fecha, caímos fora da geometria por um tempo, mas logo somos forçados a procurar outra forma. Emma e Olga me encorajavam por e-mail, prometiam aperitivos, risadas, compras e serenidade. Uma espécie de futuro. Eu agradecia e fingia estar esperançosa, sólida, resoluta.

A ligação veio às três da manhã. Era Xu, chorando do outro lado da linha. Não, não era Xu. Era uma garota com voz parecida, mas um pouco mais aguda.

— Vem pra casa da Xu — ela disse.

Eu estava sentada na beira da cama. Senti minha cabeça girar, desorientada.

— O que aconteceu? — perguntei.

— Te conto depois, aqui é a Biyu — ela respondeu. Fiquei muda com o choque. — Sou eu, Kelly — ela acrescentou, quase gritando, pensando que eu não tinha entendido.

Me vesti rápido, com o coração na boca, depois de tentar inutilmente ligar de volta. Tropecei na mala pronta, perto da porta, com minha mochila em cima e a passagem de avião impressa. Peguei um táxi. Cheguei ao prédio. Interfonei e corri até o elevador. Subi. A porta estava aberta. Por um instante, me perguntei se ainda estava sonhando. Seria um pesadelo inofensivo, reversível, como os que eu tinha tido nos últimos dias?

Entrei. Vi Kelly de costas, imersa na penumbra. A massa grotesca de cabelo loiro: uma menina fantasiada de Sailor Moon. Fiquei sem palavras. Ela olhava para o chão. No chão, estava Xu. De olhos fechados, a mão aberta e cheia de pílulas amarelas.

— Já... Você já chamou... Você já chamou a ambulância?

Kelly se virou para mim devagar. Tive uma impressão estranha, como se ela tivesse diversos rostos. Um para cada nome. Todos os rostos se fundiam, em tantos fragmentos que formavam uma expressão indecifrável. Havia um sorriso, um aceno de tristeza, algo de inconsolável e depois, talvez, um toque de curiosidade.

— Sim, claro. Chamei. Mas primeiro liguei pra você.

Me abaixei ao seu lado.

— Xu. Xu, me responde, por favor.

Mas foi Kelly quem respondeu:

— Ruben, você precisa saber que Xu te ama, comigo ela não teve nada de mais.

— Não importa. Não é o momento pra isso.

Tinha a cabeça de Xu sobre a minha mão. Eu não sabia o que fazer.

— Eu sei, mas queria dizer mesmo assim — Kelly completou.

A náusea bloqueava minha respiração. Sacudi seus ombros. Então, senti um suspiro. Uma corrente elétrica correu por seu pescoço e faiscou nos meus dedos. Estava viva. Estremeceu, virou para o lado e vomitou. Dei uma risada de alegria e alívio. Kelly soltou um grito e foi correndo pegar papel higiênico. Limpamos a boca de Xu. Logo depois ouvimos as sirenes da ambulância.

— Vou com ela — falei.

Kelly concordou com um sorriso. Fiquei pensando no quanto ela era bonita e eu nunca tinha percebido. Até caía bem nela aquele cabelo espalhafatoso e de cor inexistente. Pensei, no espaço de um segundo, em todas as formas de amor possíveis, como se fossem comprimentos de ondas de luz. Na ambulância, segurei a mão de Xu o tempo todo, um tempo que me pareceu longuíssimo e fragilíssimo, como quando você vai à escola pela primeira vez. Xu tinha os olhos entreabertos e agarrava minha palma com muita força. A ambulância balançou e saltou, pareceu que ia decolar, então pousou com um solavanco e, não sei por quê, desatei a rir. Xu arregalou os olhos, como uma santa entalhada em uma imagem sacra, e disse "wo ai ni", que significa "eu te amo" — mesmo que o ideograma *amor* carregue em si a imagem de garras e também a representação da noite, uma escuridão infinita, se pararmos para analisar, se realmente quisermos parar para analisar tudo, o que é o pior problema de se estar vivo e ser humano. Respondi do mesmo jeito, "wo ai ni", atenta à pronúncia, cuidando para que ela acreditasse nas minhas palavras, como eu tinha acreditado nas dela.

As portas da ambulância se abriram para um estacionamento imenso, um hospital, um céu de cores tortuosas.

— Agora me diga, qual é o seu nome? — Xu me perguntou. Ela sorria, eu sorria. O sol estava prestes a nascer.

Copyright © 2022 Viola Di Grado
Título original: *Fame blu*

CONSELHO EDITORIAL
Eduardo Krause, Gustavo Faraon,
Luísa Zardo, Rodrigo Rosp e Samla Borges
TRADUÇÃO
Eduardo Krause
PREPARAÇÃO
Rodrigo Rosp e Samla Borges
REVISÃO
Bárbara Krauss e Nicole Didio
CAPA E PROJETO GRÁFICO
Luísa Zardo
FOTO DA AUTORA
Francesco Ruggeri

DADOS INTERNACIONAIS DE
CATALOGAÇÃO NA PUBLICAÇÃO (CIP)

D536f Di Grado, Viola
Fome azul / Viola Di Grado ; trad. Eduardo
Krause. — Porto Alegre: Dublinense, 2022.
192 p. ; 21 cm.

ISBN: 978-65-5553-069-8

1. Literatura Italiana. 2. Romances
Italianos. I. Krause, Eduardo. II. Título.

CDD 853.93 • CDU 850-31

Catalogação na fonte:
Ginamara de Oliveira Lima (CRB 10/1204)

Todos os direitos desta edição
reservados à Editora Dublinense Ltda.

Av. Augusto Meyer, 163 sala 605
Auxiliadora • Porto Alegre • RS
contato@dublinense.com.br

Descubra a sua próxima
leitura em nossa loja online

dublinense .COM.BR

MISTO
Papel | Apoiando o manejo florestal responsável
FSC® C011095
FSC
www.fsc.org

Composto em BELY e impresso na IPSIS,
em PÓLEN BOLD 70g/m², em SETEMBRO de 2022.

VIOLA DI GRADO

é uma escritora italiana, nascida em 1987, a mais jovem vencedora do prêmio Campiello Opera Prima e finalista do Strega, mencionada como uma das vozes autorais mais representativas das últimas décadas no Dizionario Garzanti 2013. É bacharela em línguas orientais (chinês e japonês) pela Universidade de Turim e mestra em Filosofia do Leste Asiático pela Universidade de Londres. Além de ter publicado em revistas e antologias, é autora de seis romances, que receberam diversas honrarias e foram lançados em mais de quinze países.